少年读封神演义 2

[明] 许仲琳 原著

知书 编著

苏拾叁 绘

民主与建设出版社

·北京·

图书在版编目（CIP）数据

少年读封神演义. 2 /（明）许仲琳原著；知书编著；苏拾叁绘. --北京：民主与建设出版社，2022.9

ISBN 978-7-5139-3963-8

Ⅰ. ①少… Ⅱ. ①许… ②知… ③苏… Ⅲ. ①章回小说－中国－明代 Ⅳ. ①I242.4

中国版本图书馆CIP数据核字（2022）第168862号

少年读封神演义. 2
SHAONIAN DU FENGSHEN YANYI 2

原　　著　［明］许仲琳
编　　著　知　书
绘　　者　苏拾叁
责任编辑　董　卉　金　弦
特约策划　徐芳宇
封面设计　阳蜜蜜
出版发行　民主与建设出版社有限责任公司
电　　话　（010）59417747　59419778
社　　址　北京市海淀区西三环中路10号望海楼E座7层
邮　　编　100142
印　　刷　大厂回族自治县德诚印务有限公司
版　　次　2022年9月第1版
印　　次　2023年1月第1次印刷
开　　本　880毫米×1230毫米　1/32
印　　张　5.5
字　　数　128千字
书　　号　ISBN 978-7-5139-3963-8
定　　价　128.00元（全3册）

注：如有印、装质量问题，请与出版社联系。

南宫适
辛甲
辛免

哪吒
金吒
木吒
黄天祥

施法冰冻岐山

姜子牙率领西岐众将

韩毒龙
薛恶虎
杨戬
黄天化

姜子牙率领西岐众将

燃灯道人与昆仑十二仙相助

陆压道人

射死赵公明

老子和元始天尊及阐教门徒

老子和元始天尊破阵

云中子杀死闻仲

姜子牙率领西岐众将

惧留孙

降伏土行孙，土行孙与邓婵玉成亲

黄龙真人

杨戬向火云洞三圣人求解药

韦护来助阵

赤精子

借太极图降殷洪

准提道人

收服马元

姜子牙率领西岐众将

燃灯道人

收服羽翼仙　姜子牙施法移北海水建保护罩

聚四旗，四人携手降伏殷郊

杨戬上终南山借照妖镜　燃灯道人收马善

龙吉公主、李靖

龙吉公主破罗宣法术　李靖降罗宣

龙吉公主

大败洪锦

月合仙翁牵线，与洪锦成亲

姜子牙率领西岐众将

准提道人

收服孔宣

五岳战高继能　黄天化丧命

商军伐西岐

- 晁田、晁雷 —— 探路，被打败，归降西岐
- 张桂芳、风林 —— 王魔、杨森、高友乾、李兴霸 —— 被打败
- 鲁雄、尤浑（参军）、费仲（参军） —— 被打败
- 魔礼青、魔礼红、魔礼海、魔礼寿 —— 被打败
- 闻仲
  - 辛环、邓忠、张节、陶荣 —— 被打败
  - 秦完、赵江、董全、袁角、金光、孙良、白礼、姚宾、王变、张绍 —— 布十绝阵，被打败
  - 赵公明 —— 法宝被收，被打败
  - 云霄娘娘、琼霄娘娘、碧霄娘娘、菡芝仙、彩云仙子 —— 云霄布九曲黄河阵；昆仑十二仙入阵，削去顶上三花
- 邓九公、邓玉婵、邓秀 —— 土行孙 —— 四人投降西岐
- 苏护、苏全忠、郑伦
  - 吕岳率门人周信、李奇、朱天麟、杨文辉 —— 吕岳施瘟疫，四门人亡，吕岳逃走
  - 殷洪率随侍庞弘、刘甫、苟章、毕环 —— 苏护、苏全忠、郑伦投降西岐
  - 马元
- 张山、钱保（副将）、李锦（副将）、马德（副将）、桑元（副将）
  - 羽翼仙 —— 反灌西岐
  - 殷郊率随侍温良、马善
  - 罗宣、刘环 —— 罗宣火烧西岐
- 洪锦、季康（副将）、柏显忠（副将）
- 孔宣、陈庚（副将）、高继能（副将）

目录

闻仲被道德真君的神砂戏耍，一直追回朝歌，结果扑了个空。本以为有五关阻挡，黄飞虎一定逃脱不了，谁知没过多久，边关接连告急，黄飞虎竟然突破五关，投靠了西岐。

闻仲召集文武百官，讨论如何对付西岐。总兵官鲁雄说：“太师，黄飞虎虽然逃出五关，也不足为惧。即使日后姬发造反，这中间有五关阻拦，左右又有青龙关和佳梦关防御，黄飞虎就算有天大的本事，也无法攻入朝歌。现在东伯侯姜文焕出兵游魂关，南伯侯鄂顺进攻三山关。我们应该把主力部队派往东、南两路，尽早平息这两处的叛乱。”

闻仲说：“你说得没错，但西岐一向是民心所向，文有散宜生，武有南宫适，现在又有姜子牙和黄飞虎助阵，我实在放心不下。”

鲁雄说：“太师既然不放心，可以派几个人去西岐打探消息。”

闻仲同意了，就问左右：“谁愿意前往西岐？”

这时晁田站了出来，表示愿意前往。他和弟弟晁雷带上三万人马，一路浩浩荡荡直奔西岐。大军连日赶路，很快就来到了西岐城下。

姜子牙正在宫中和武王讨论国事，听到城外喊声震天，侍卫来报是朝歌的人马。姜子牙立即命人擂鼓点兵，派南宫适出城迎战。

南宫适看带兵的将领是晁雷，就拨马上前，质问道："晁将军，你们今天无缘无故来我们西岐干什么？"

晁雷说："姬发不经朝廷同意，自立为武王，最近又收纳叛臣黄飞虎，我奉闻太师军令，特来问罪！"

南宫适笑着说："晁雷，纣王罪恶滔天，滥杀无辜，危害百姓，败坏朝纲。我家武王坐守西岐，奉法守仁，君尊臣敬，民心所向。你今天带兵来犯，实在是自取其辱。"晁雷大怒，纵马舞刀直奔南宫适。三十回合后，南宫适卖了个破绽，把晁雷拿下，捉回城中。

南宫适把晁雷押到姜子牙面前，晁雷恶狠狠地瞪着姜子牙，坚决不肯下跪。姜子牙问："晁将军，你被南宫将军抓住，为什么不屈膝求饶？"

晁雷骂道："你不过是个编笊篱、卖面粉的小人，我是天朝上国的大臣，今天不幸被你们抓住，我宁死也不投降。"

姜子牙对左右说："把晁雷推出去斩首。"

晁雷刚被带出去，黄飞虎急忙上前求情："丞相，晁雷只知有商，不知有周。末将愿意说服他归降。"姜子牙欣然同意了。

黄飞虎来到晁雷面前，说："晁将军，你真是不识时务，不知天时地利人和。现在天下三分之二都归顺西岐，东、南、西、北四方都已不属于纣王。何况纣王残暴，获罪于天下，为什么还要死心塌地地为他卖命？武王是一位仁君，你如果投降他，今后定会有机会建立一番功业。你要是再执迷不悟，一定会后悔的。"

晁雷被黄飞虎说动，说："我刚才辱骂了姜子牙，恐怕他不肯要我。"黄飞虎见晁雷肯归降，答应为他作保。

姜子牙听说晁雷愿意降周，就下令释放了他。晁雷拜服在地，说：“末将一时鲁莽，冒犯了丞相。现在丞相宽宏大量，原谅末将，实在无以为报。”

姜子牙说：“将军真心为国，赤胆忠心，精神可嘉。如今既然已经归顺，可以把城外的人马接入城中。”

晁雷说：“回禀丞相，我哥哥晁田还在城外营中，末将愿意说服他带兵归降。”姜子牙同意了晁雷的请求。

晁田听说弟弟被俘，心里十分烦恼。正要想办法救人时，听说晁雷回来了。他感到很奇怪，就问：“你被西岐抓去，怎么又回来了？”

晁雷把事情的经过说了一遍。晁田听完，大骂道：“你这匹夫，黄飞虎说了两句话你就投降了，以后有什么面目再见闻太师！”

晁雷说：“纣王无道，现在天下豪杰都背弃了他。我投降西岐也是大势所趋。”

晁田说：“你投降了，那家里的人怎么办？他们可都在朝歌，你忍心连累他们吗？”

晁雷有点慌了，问：“那我们该怎么办？”

晁田把自己的主意说给晁雷听。晁雷听完回到城里，对姜子牙说：“丞相，家兄已经同意归降，只是他提出必须要丞相派人亲自出城去请，这样才好保住他的颜面。”姜子牙同意了，就让黄飞虎出城去迎接。

黄飞虎刚进营门，晁田就大喝一声：“拿下！”两边埋伏的士兵一哄而上，立即把黄飞虎捆了起来。

黄飞虎大骂：“你这个恩将仇报的逆贼！”

晁田哈哈大笑：“真是踏破铁鞋无觅处，得来全不费工夫。”晁田抓住了黄飞虎，就下令立刻返回朝歌。

晁田兄弟走了三十五里，忽然看到前面有一队人马，带头的正是西岐大将辛甲。辛甲看到晁田，大喝一声："晁田，早早放开武成王。我奉姜丞相命令，在这里等候你们多时了。"

晁田二话不说，舞刀上前迎战。辛甲的副将辛免则举起斧头砍向晁雷。晁雷不是对手，又自知理亏，连忙转身逃走了。西岐士兵顺利救出了黄飞虎。

黄飞虎得救，气恨晁田言而无信，决心要亲自捉拿他。没到两个回合，就把他擒住，拿绳子绑了。晁雷正夺路而逃，结果没跑多远，就被早早埋伏起来的南宫适抓获。

姜子牙看着被抓住的晁田兄弟，下令把他们押出去斩首。晁雷高喊冤枉。姜子牙笑着问："明明是你们暗算我们，为什么还说自己冤枉？"

晁雷说："丞相，不是我们兄弟不愿意降周，只是父母妻儿都在朝歌，害怕他们受到牵连，才不得已而为之。"

姜子牙说："既然如此，为什么不和我商量？我可以帮你们想办法，把家人接来西岐。"两人听了大喜过望，连忙叩头谢恩。

姜子牙为了防止两人再次背叛，就留下晁田做人质，让晁雷回朝歌接家眷。

三十六 张桂芳伐西岐

晁雷回到朝歌，立即来见闻仲，说:“太师，我们和西岐人马大战了三天，未分胜负，但我方粮草出现了短缺。末将找汜水关总兵韩荣借粮，他却不肯借。末将迫不得已才回朝歌，求太师派给我粮草和士兵，以便支援前线。”

闻仲立刻分拨粮草和士兵给晁雷，让他火速赶回，并称自己在几天后亲自带兵征讨。晁雷领命，点了三千士兵和一千粮草，又偷偷地带上家眷，离开朝歌。

晁雷走了三四天，闻仲突然觉得事有蹊跷，就卜了一卦，才知道自己被骗了。闻仲大怒，派遣使臣携带火牌、令箭，前往青龙关传令，命总兵张桂芳立即出发去西岐讨伐叛军。

张桂芳收到闻仲的火牌与令箭，留神威大将军丘引镇守关隘，自己点兵十万，任命风林为先行官，率领大军浩浩荡荡地杀向西岐。

姜子牙听说张桂芳来讨伐，就找黄飞虎商议对策。姜子牙问:“黄将军，张桂芳领兵作战的能力怎么样？”

黄飞虎回答:“丞相，这个张桂芳不是等闲之辈。他会旁门左道之术，能用幻术伤人。与他交战时，他只要叫一声对方的名字，那人就会束手就擒。以我为例，他只要叫一声‘黄飞虎不下马更待何时！’我立刻会不由自主地倒下马。丞相一定要嘱咐各位将军，遇到张桂芳时，千万不要报上姓名。”姜子牙听说，脸上露出担忧的神色。但西岐的很多将领都不以为意，并未将黄飞虎的话放在心上。

张桂芳的大军来到西岐，先行官风林奉命打头阵。武王的弟弟姬叔乾性如烈火，自从听了黄飞虎的话，心里很不服气，就主动请战。

姬叔乾来到城下，看到敌方将领长得赤发蓝脸，龇着獠牙，手持狼牙棒，十分凶恶，就问：“你就是张桂芳吗？”

风林说：“我是张总兵的先行官风林，奉旨捉拿叛贼。你赶快下马投降！”

姬叔乾大骂：“纣王无道，现在天下诸侯都归附西岐。你还是赶紧收兵，免得性命不保。”

风林大怒：“反贼不知道我的厉害！”

两个人大战了三十回合，姬叔乾一枪刺中风林的大腿。风林受伤，骑着马逃回军营，姬叔乾在后面紧追不放。风林嘴里念念有词，把嘴一张，一道黑烟喷出，变成了一张大网，网里有一粒碗口大小的红珠，迎面打向姬叔乾。姬叔乾被红珠打下马，风林回马把姬叔乾一棒打死。

姜子牙听说姬叔乾阵亡，大惊失色，武王更是悲伤落泪。西周将士都对风林恨得咬牙切齿。

第二天，姜子牙亲自带兵出战。张桂芳看到姜子牙，就大声说：“姜尚，你原本是殷商的大臣，享受朝廷的俸禄，现在背叛大王，帮助姬发作乱，又收容叛臣黄飞虎，拉拢晁田、晁雷降周，实在是欺君叛国的逆贼。”

姜子牙笑着说："张总兵说错了。自古贤臣择主而事，良禽择木而栖。纣王失道寡助，天下英雄纷纷造反，又不止西岐一家。听老夫的话，你还是立刻收兵，才是上策。"

张桂芳说："听说你在昆仑山修道多年，本以为你是个高人，今天看来，和凡夫俗子并没有任何区别。"说完，对风林说："把姜尚拿下！"风林走马出阵，南宫适舞刀迎敌。

张桂芳猛然间看到黄飞虎，就大骂："逆贼，快快受死！"黄飞虎催开五色神牛相迎。两个人打了十五个回合，张桂芳大喊："黄飞虎，不下坐骑更待何时！"黄飞虎于是一头栽下，被张桂芳的士兵活捉。周纪出马相救，也被张桂芳唤下马束手就擒。

张桂芳次日又到城下挑战，姜子牙害怕他的幻术，就命人挂出免战牌。

太乙真人算定西岐有难，就找来哪吒，说："哪吒，此处不是你久留之地。现在你师叔姜子牙遭遇强敌，到了你建功立业的时候。你现在火速下山，到西岐为师叔解围。"哪吒听了满心欢喜，就辞别师父，驾风火轮来到西岐。

姜子牙正在烦恼，听说有道童求见，就让人进来。哪吒进了相府，看到姜子牙倒身下拜，说明了自己的来历。姜子牙听说是太乙真人派来相助的，心中大喜。哪吒请求摘下免战牌，主动来到城外等待张桂芳前来挑战。

张桂芳听说西岐摘下了免战牌，就让风林出营挑战。哪吒看风林长相凶恶，问："你就是那个呼名落马的张桂芳吗？"

风林说："我是张总兵手下先行官风林。"

哪吒说："我饶你不死，快叫张桂芳出来见我。"风林大怒，举起狼牙棒砸向哪吒。打了二十回合，风林吐出黑烟。哪吒笑着说：

“真是歪门邪道。”用手一指，黑烟就散开了。风林见哪吒破了自己的法术，扭头就跑。哪吒取出乾坤圈，砸伤了风林的右肩。

张桂芳见风林受伤，勃然大怒，亲自披挂上马。他看到哪吒，问：“踏风火轮的就是哪吒吗？”

哪吒回答：“正是你家小爷。”

张桂芳说：“你打伤我的先行官，吃我一枪。”

张桂芳和哪吒大战了三十回合，见不能取胜，就大喊：“哪吒，不下轮更待何时！”哪吒正在打斗，突然被张桂芳一声大喝，吓了一大跳，可他并没有掉下风火轮。

张桂芳看哪吒安然无恙，大吃一惊，又连续喊了三次。哪吒哈哈大笑：“你的法术不灵了。”张桂芳大怒，挺枪就刺。哪吒抵住张桂芳的枪，用乾坤圈把他的左臂砸伤了。

张桂芳

封神榜上的丧门星君。商朝青龙关总兵官，不但精通兵法，武艺高强，擅使枪法，还会左道异术——呼名落马术。

风林

封神榜上的吊客神。张桂芳的先行官，赤发蓝脸，龇着獠牙，兵器是一柄狼牙棒，可以口吐红珠伤人。

三十七 姜子牙上昆仑

张桂芳受了伤，逃回军营。哪吒也不追赶，回到相府向姜子牙报告。姜子牙看到哪吒，关切地问："你和张桂芳对阵，结果怎么样？"哪吒说："张桂芳被弟子的乾坤圈打伤了。"姜子牙又问："他喊你的名字了吗？"哪吒说："他接连喊了好几次，弟子也没有掉下风火轮。"西周将士听了都十分诧异。

原来张桂芳的幻术只能对付有三魂七魄的人，哪吒是莲花化身，早已经没有魂魄，因此他的法术对哪吒一点作用也没有。

哪吒虽然赢了一局，但姜子牙担心朝歌会陆续派兵马前来攻打，到那时西岐就会有危险。他让哪吒负责守城，自己则辞别武王，准备到昆仑山找师父元始天尊帮忙。

姜子牙借土遁上昆仑山，过麒麟崖，来到了玉虚宫。一转眼，姜子牙已经下山十年了，昆仑山上的景色已经变了一番模样。元始天尊看到姜子牙上山来，高兴地说："你来得正是时候，我现在把封神榜交给你。你回到西岐，在岐山建造一座封神台，把封神榜挂到台上。"

姜子牙说："弟子谨遵师命。但现在张桂芳用旁门左道之术征讨西岐，弟子道行浅，不是他的对手，希望师父指点。"

元始天尊说："你现在被武王尊为相父，享受人间富贵。我哪里管得了你凡间的事情。你放心，西岐之主是有德之人，等到事情危急的时候，自然会有高人相助，你回去吧。”姜子牙不敢再说什么，只好出宫去了。

姜子牙刚跨出门槛，又被白鹤童子叫了回去。元始天尊说：“你等下下山，会有人叫你，记住千万不要回应，否则就会多出三十六路大军讨伐西岐。另外，东海还有一个人在等你，务必小心。”出宫时，南极仙翁来送姜子牙，再次叮嘱他不要回应喊他的人。

姜子牙捧着封神榜下山，走到麒麟崖前，突然听见有人在身后喊：“姜子牙！”他心想：“果然有人喊自己，不能回应他。”后面的人又喊：“子牙公！”姜子牙还是不回应。“姜丞相！”……这个人喊了三五次，姜子牙都没有理睬。那个人忍不住大喊：“姜尚，你也太薄情了。你现在位极人臣，就不念旧情，忘记和你一起学道四十年的师兄弟了。”

姜子牙听对方这么说，就停下脚步回头看。只见此人穿着道袍，骑着一只老虎，原来是他的师弟申公豹。

姜子牙见是师弟，就说：“师弟，我不知道是你叫我。因为师父叮嘱我不能回应叫我的人，所以才没有回头。多有得罪！”

申公豹问：“师兄手里拿的是什么东西？”

姜子牙回答：“是封神榜。”

申公豹又问：“师兄，你下山辅佐谁？”

姜子牙笑着说：“当然是周武王了。”

申公豹说：“那我偏偏要去辅佐纣王，来和你作对。”

姜子牙听了严肃地说：“师弟这是说的什么话！你如果帮助纣王，就是违背师父的命令。”

申公豹轻蔑地说：“姜子牙，你有什么本事可以保周灭商？修道四十年，你就学会了一些五行之术，怎么比得过我？我可以把头割下来，扔到空中游遍万里，然后再把头安回脖子上。你不如

姜子牙上崑仑

烧了封神榜，和我一起去朝歌，我保你做丞相。”

姜子牙不相信申公豹会这样的法术，就说：“你如果真能把头割下来，还能复原，我就烧了封神榜，和你去投奔纣王。”

申公豹说：“好，一言为定。”

姜子牙说：“大丈夫绝无戏言。”

申公豹于是施法术，让自己的头和身体分离。他把头抛到空中，头盘旋着越飞越高，越飞越远，但他的身体没有倒下。

南极仙翁在宫门外休息，看到申公豹的头在天上飞着，知道姜子牙已经上了他的当，就命令白鹤童子现出原形，把申公豹的头衔走。

姜子牙看到白鹤衔走了申公豹的头，急得大喊，突然有人从背后拍了他一下。姜子牙回头一看，原来是南极仙翁。南极仙翁对姜子牙说：“你这个呆子！申公豹心术不正，用这些小幻术来欺骗你。师父叮嘱你不要回答叫你的人，你偏偏不听。你这一回应，他日后就会寻找三十六路兵马讨伐你。眼下他的头只要一时三刻不回到身体上，他自会流血而死。”

姜子牙恳求说：“道兄，看在他与我一起修道多年的情分上，就饶了他这一次吧。”

南极仙翁说：“你肯饶他，他却不会饶你。到时候不要后悔。”

姜子牙说：“我宁可他派人来讨伐，也不愿意忘记仁义。”

南极仙翁见姜子牙打定了主意，就拍了拍手，白鹤童子应声张开嘴，申公豹的头落回到他的身体上。由于慌了神，申公豹的头落反了，脸面向后背，后脑勺对着胸膛。他扯着两只耳朵，好不容易才把头转正。

南极仙翁大喝一声：“你这孽障，还不快走！”申公豹害怕南极仙翁，不敢顶撞，就指着姜子牙说：“姜尚，我一定会让西岐血流成河，白骨如山！”说完就气呼呼地下了山。

离开昆仑山，姜子牙驾土遁来到东海，正在行走时，忽然看到巨浪分开，一个赤着身体的人现身，对他大喊：“法师请留步！我的灵魂在这里已经千年，前天道德真君让我在这里等您，请您带我脱离苦海。”

姜子牙问：“你是什么人，在这里兴风作浪？”

那个人回答：“我是轩辕黄帝的总兵柏鉴。在攻打蚩尤时，我被火器打到海里，千年来都没有逃出。请法师指点，我愿意跟随法师修成正果！”

姜子牙说：“既然如此，你就去岐山负责督造封神台吧。”说完把手一摆，顿时响起五道雷，振开迷雾，柏鉴得以脱身而出。姜子牙大喜，驾起土遁，带着柏鉴前往西岐。快到岐山时，一时狂风大作，原来是五路神见恩师来到，特地前来迎接。从此以后，五路神和柏鉴，一个负责建造，一个负责监督，在岐山修建封神台。

姜子牙回到西岐，大家纷纷来询问情况，姜子牙只推说天机不可泄露。当天夜里，姜子牙派兵遣将，率领周军偷袭张桂芳的军营。张桂芳正在疗伤，根本没有想到姜子牙会率兵突袭，只好和风林仓皇应战。结果商军损兵折将，死者不计其数。张桂芳对风林说：“我自从带兵以来，就没有吃过这样的败仗。”他立刻写了一封密信，请求闻仲派兵支援。

闻仲收到张桂芳的信，本打算亲自出征，可一想到东、南两路军情紧张，朝中又没有合适的人坐镇，思考再三，决定请自己的道友们来帮忙。

柏鉴

封神榜上的清福正神。原本是轩辕黄帝部下的总兵官，在大战蚩尤的时候被火器打入海中，后来以游魂存于世间。负责监造封神台，并接引魂魄入封神台，法宝为百灵幡。

三十八 姜子牙大战四圣

闻仲最先想到的帮手是西海九龙岛上的四圣，于是跨上墨麒麟，驾云来到西海。这九龙岛四圣分别叫王魔、杨森、高友乾、李兴霸，他们听说闻仲来了，便让童子把闻仲请进来。

闻仲和四人互相行过礼，向他们说明了自己的来意。四人听了闻仲的请求，当即同意帮忙。于是五人驾水遁来到朝歌。

纣王听说有海外的高人来帮助自己，心中大喜，连忙把四人请进宫。这四个人长相怪异，纣王乍一看被吓得不轻。只见王魔头戴一字巾，穿一身水合服；杨森看起来像头陀，穿着黑色大袍，脸黑如锅底，须似朱砂，长着两道黄眉；高友乾穿着大红袍，面如蓝靛，赤发獠牙，最是吓人；李兴霸头戴鱼尾金冠，穿着淡黄色的大袍，面色通红。纣王让闻仲在显庆殿设宴款待，自己先行回宫了。

宴席结束后，四圣辞别闻仲，驾水遁来到张桂芳的军营。张桂芳听说了四圣的由来，连忙将他们请进营。王魔见张桂芳和风林都被乾坤圈打伤，从葫芦里取出两枚丹药给他们服用，他们的伤立刻痊愈。

第二天，四圣跟随张桂芳到西岐城下挑战。姜子牙骑着青鬃马，提着宝剑出阵，说："你是败军之将，今天有什么脸面来挑战？"

姜子牙话还没说完，四圣就骑着各自的坐骑出现在阵前。西岐的将士除了黄飞虎，包括姜子牙在内的其他所有人都从马上摔了下来。

原来王魔骑着狴犴[①]兽，杨森骑着狻猊[②]兽，高友乾骑着花斑豹，李兴霸骑着狰狞兽。普通的战马因为抵挡不住四只异兽的恶气，都吓得骨软筋酥，只有黄飞虎因为骑着神兽五色神牛，才安然无恙。

四圣看到姜子牙摔得人仰马翻，哈哈大笑："你不要慌张，慢慢爬起来！"

姜子牙整理好衣冠，施礼问道："四位道友在哪座仙山修炼？到西岐来干什么？"

王魔说："姜子牙，我们是九龙岛的四圣，受闻仲委托，特地来到此地。其实你我并没有仇恨，只要你答应我三件事，一定不会为难你。"

姜子牙说："请问道兄是哪三件事？"

王魔说："一、要武王称臣；二、拿出西岐库藏，犒赏商军；三、把黄飞虎交出来，让张桂芳押解回朝歌。"

姜子牙说："请道兄给我三天时间考虑，三天后一定给你一个答复。"

姜子牙收兵进城，他知道自己不是四圣的对手，再次驾土遁来到昆仑山。元始天尊早已经算到姜子牙会来，这回他把自己的

① 狴犴（bì àn）：龙九子之一，排名第七。由于狴犴喜欢诉讼，善于明辨是非，又有威力，古代狱门多使用狴犴来装饰。

② 狻猊（suān ní）：龙九子之一，排行第五。由于狻猊好静不好动，又喜欢烟火，因此佛座上和香炉上多使用狻猊来装饰。

周

姜子牙战四圣

坐骑四不像[1]给了姜子牙，又让南极仙翁拿来打神鞭和杏黄旗。

打神鞭长三尺六寸五分，分为二十一节，每一节上面有四道符印，总共八十四道符印，可打封神榜上有名的人。杏黄旗威力也很大，不仅能护住自身，还能施展法术。

有了师父赠送的法宝与神兽，姜子牙信心大增。他骑上四不像，轻轻拍了下它头上的角，那神兽就驾起一道红光，发出响亮的铃声，飞速奔向西岐。半路上，一个怪物拦住了姜子牙的去路。只见这个怪物头像骆驼，脖子像鹅，手似鹰爪，脚像老虎，唇边飘须像虾，眼睛向外突出，浑身上下都是鳞片。

怪物大喊："吃姜尚一块肉，延寿一千年！"跳上前来。

姜子牙吓了一大跳，好不容易镇定下来，说："我和你无冤无仇，为什么要吃我？"

怪物说："你废话少说，别想逃走！"

姜子牙把杏黄旗插到地上，说："孽障，你只要能把这面旗拔出来，我就让你吃。"

怪物费了九牛二虎之力，也没有把旗子拔出。姜子牙嘴里念念有词，妖怪的手就长在了旗杆上。怪物求饶说："上仙饶命。"

姜子牙说："你到底是谁，为什么要吃我？"

怪物说："上仙，我叫龙须虎。自少昊[2]时期就出生，通过采天地灵气，吸日月精华，修成不死之身。前几天申公豹路过这里，告诉我，吃你一块肉可以与日月同寿。我一时糊涂，上了他的当。请上仙高抬贵手，放过我吧！"

---

① 四不像：学名麋鹿。因为头脸像马、角像鹿、颈像骆驼、尾像驴，因此被称为四不像，在古代被视为神兽。

② 少昊：传说中的东夷族领袖，五帝之一。

姜子牙说："原来如此。你如果愿意拜我为师，我就放了你。"

龙须虎连忙说："愿意拜上仙为师。"

姜子牙又念起咒语，放开了龙须虎的手。他收龙须虎为徒，问他有什么特长。龙须虎说："弟子能随手扔出磨盘大小的石头。"姜子牙大喜，认为龙须虎是个劫营的好帮手。他带着龙须虎一同乘坐四不像，回到了西岐。

龙须虎

封神榜上的九丑星君。姜子牙的弟子，体形硕大，兵器为石头。

四圣等了五天，也没看到西岐有动静。张桂芳说："四位师父，姜尚五天都没有消息，其中一定有诈。"于是，四圣来到城下找姜子牙。

姜子牙带领众人出城。王魔一眼就看到了他身下骑着的四不像，大骂道："姜尚，你原来是欺骗我们，好争取时间上昆仑山找你师父帮忙。这次我们一定要与你一决高下。"说完，就和其他三圣冲向姜子牙。哪吒踏着风火轮，举枪挡住王魔，大喊："王魔，有我在此，休想伤我师叔！"

哪吒正和王魔大战，杨森见哪吒枪法厉害，跑来帮忙。他取出开天珠，把哪吒打下风火轮。王魔拔剑要杀哪吒，黄飞虎及时赶到救出了他，自己却被开天珠打下神牛来。龙须虎见哪吒和黄飞虎都受了伤，奋不顾身地上前迎战，被高友乾的混元珠打中脖子，败下阵来。

李兴霸见姜子牙没了帮手，用劈地珠打中他的前心。姜子牙带着伤向北逃跑，王魔在后面紧追不舍。王魔的狴犴兽渐渐地要追不上姜子牙的四不像了，王魔就掏出开天珠向姜子牙打去。结果姜子牙被打翻下来，滚下山坡死了。

王魔

封神榜上的灵霄宝殿四圣大元帅之一。截教门人，九龙岛炼气士，坐骑是狴犴兽，兵器为宝剑。

杨森

封神榜上的灵霄宝殿四圣大元帅之一。截教门人，九龙岛炼气士，坐骑是狻猊兽，法宝为开天珠。

高友乾

封神榜上的灵霄宝殿四圣大元帅之一。截教门人，九龙岛炼气士，坐骑是花斑豹，法宝为混元珠。

李兴霸

封神榜上的灵霄宝殿四圣大元帅之一。截教门人，九龙岛炼气士，坐骑是狰狞兽，法宝为劈地珠。

三十九 冰冻岐山

王魔刚跳下坐骑来看姜子牙，突然听见有人唱着歌走来，抬头一看，原来是文殊广法天尊。王魔问：“道兄来这里干什么？”

天尊说：“王道友，姜子牙不能杀！贫道奉元始天尊之命在此等你多时了。姜子牙保武王反商有五个理由：第一是殷商气数已尽，第二是西岐真主降临，第三是因为我们阐教犯了杀戒，第四是姜子牙注定享受人间富贵，第五他要代表玉虚宫封神。王道友，你截教逍遥自在，不要蹚这浑水。否则你会后悔的。”

王魔大怒：“你不要说大话。难道你阐教有名师，我截教就没有教主？”说着，拔剑刺向天尊。天尊的弟子金吒上前用剑挡住王魔，两个人打得难解难分。

文殊广法天尊取出法宝遁龙桩，只见三个金环从空中落下，把王魔牢牢地套在桩上。金吒手起剑落，斩了王魔。王魔的灵魂飞向封神台，到柏鉴那里报到。

文殊广法天尊用丹药救活姜子牙，让金吒留下来辅佐武王反商，自己则回了洞府。

杨森见王魔追赶姜子牙还没回来，掐指一算，得知王魔死于非命。三个道人都气得怒发冲冠。第二天一早，他们就气势汹汹地找姜子牙报仇。

金吒和哪吒兄弟两个各施神通，和三个道人杀在一处。姜子牙猛然想起师父赐给自己的打神鞭，于是把打神鞭扔在空中。只见伴随着一声霹雳，打神鞭发出一道闪电，击中高友乾的头顶，将他打死了。金吒也祭起遁龙桩困住杨森，用剑将他斩杀。

张桂芳和风林见两位道士相继身亡，纵马出阵援助李兴霸。只听西岐城里一声炮响，一员小将杀出阵来，原来是黄飞虎的四子黄天祥。黄天祥是将门之后，武艺高超，一枪把风林挑下了马。张桂芳眼看难以取胜，急忙收兵回营。

回到营中，李兴霸对张桂芳说："我们兄弟四人来帮你讨伐西岐，现在只剩下我一个。你立刻写信向闻仲报告情况，让他派大军来援助。不抓住姜子牙，难解我心头之恨！"

第二天，姜子牙主动向张桂芳挑战。先是黄天祥一人大战张桂芳，两个人交战三十回合不分胜负。姜子牙又派出十几名大将一齐上阵，把张桂芳围在当中。张桂芳不愧是一员猛将，在十几个人围攻之下，仍然毫不畏惧。

哪吒和金吒合战李兴霸，也杀得难解难分。李兴霸看到姜子牙祭起打神鞭，知道自己难以招架，急忙骑着狰狞兽逃跑。

张桂芳见自己孤军奋战，寡不敌众，无法取胜，仰天大叫："大王，臣不能立功报国，唯有以死谢罪了。"说完自刎而亡。

李兴霸突围后，停在一座山上休息。他刚跳下狰狞兽，就看到一个背着两把宝剑的道童唱着歌走过来。

道童问："师父在哪座仙山修道？"

李兴霸说："我是九龙岛的李兴霸，你是谁？"

道童笑着说："踏破铁鞋无觅处，得来全不费工夫。我是九宫山白鹤洞普贤真人的弟子木吒，奉师父之命下山，帮助师叔姜子牙兴周灭纣。我临行前，师父说可以把你捉到周营作为见面礼。”

李兴霸大骂道：“孽障，不要欺人太甚！”说完，就举起自己的双锏砸向木吒。木吒闪到一旁，左肩轻轻一摇，就有一把宝剑飞出，直取李兴霸性命。原来木吒背着的两把宝剑叫吴钩，分为雌雄两把剑，刚才斩李兴霸的是雄剑。

木吒掩埋了李兴霸，来到西岐拜见姜子牙。姜子牙看到木吒，又看了看金吒和哪吒，笑着说：“你们兄弟三人各个少年英武，实在了不起啊！”

闻仲在朝歌收到张桂芳的信，看完拍着桌子大喊：“几个道兄为了帮我，竟然死于非命！”他立即召集群臣，商讨征伐西岐的合适人选。

左军上将军鲁雄虽然年事已高，却自告奋勇，接下帅印。他请闻仲帮自己挑选两个参军。闻仲一直想铲除费仲和尤浑，于是选他们作为参军。两个奸臣不敢违抗，只好硬着头皮接下命令。闻仲给鲁雄发放了铜符，派给他五万人马。鲁雄挑选吉日，带领大军过五关向西行进。

这个时候正好是夏末秋初，天气闷热，三军将士穿戴着盔甲行军，各个苦不堪言，都热得大汗淋漓。大军刚走到岐山，鲁雄收到了张桂芳阵亡的消息，于是命令将士停下来驻扎。

姜子牙听说有商军在岐山安营，为了保护封神台，派南宫适和武吉带领五千人马来到岐山山顶驻防。因为天气酷热，山顶没有树荫遮挡，西岐的将士坐立不安，开始有了怨言。更让他们没有想到的是，姜子牙又派人送来棉衣。商军将士听说以后，都笑姜子牙愚蠢。

可是到了夜晚，姜子牙站上高台披发仗剑，施展法术。只见狂风大作，气温骤降，三天后下起了鹅毛大雪。西岐士兵因为有棉衣御寒，都没有受到影响，而商军没有御寒的衣物，全部失去了战斗力。姜子牙下令五千大军一鼓作气攻入商营，把鲁雄和费、尤三人斩首。

四十 杨戬大战魔家四将

闻仲听说鲁雄等人被斩，勃然大怒，痛声感叹："没想到西岐的姜子牙这么厉害，接连害死我朝两员大将。"又问一旁的弟子吉立、余庆："现在还可以派谁去讨伐西岐呢？"

吉立回答："西岐姜子牙足智多谋，太师可派遣佳梦关的魔家四将出征，定能大功告成。"闻仲听了大喜，立即派遣使者携带将令前往，又命左军大将胡升、胡雷代替魔家四将守关。

黄飞虎听说魔家四将兵临城下，不由得大惊失色。姜子牙问："黄将军为什么这么害怕？"

黄飞虎说："丞相，魔家四将曾经得到异人传授法术，都有厉害的法宝。老大魔礼青，长二丈四尺，使一把青云剑。剑上有符印，上面写着地、水、火、风四个字。以"风"为例，剑刺来时掀起一阵风，风里藏着无数利刃，人如果遇到这风，四肢立刻变成粉末。老二魔礼红，持一把混元伞，上面镶嵌着各色宝珠，还有珍珠穿成的'装载乾坤'四个字。这把伞撑开时天昏地暗，日月无光，转一转则天地晃动，还能收各种法宝。老三魔礼海，有一面琵琶，上面有四条弦，也分地、水、火、风四种属性。一旦拨动琴弦，则风火齐至，和青云剑一样。老四魔礼寿，有一只叫花狐貂的奇兽，把它放到空中，就会变成白象大小，身体两侧还生出飞翅，会吃人。现在他们四人一起来攻打西岐，我们恐怕不能取胜。"

姜子牙听完，知道遇到了强大的敌人，也不由得担心起来。

第二天，魔家四将带兵挑战，姜子牙因为担心失利，犹豫不决。哪吒等人在一旁说："师叔，即使魔家四将真如黄将军所说那般厉害，我们也应该迎战，到了战场再随机应变。"姜子牙认为哪吒等人说得有理，于是派哪吒、南宫适、武吉、辛甲四人出战。

八个人分成四对，杀得天昏地暗。哪吒举起乾坤圈来打魔礼红，结果乾坤圈被混元伞收走了。金吒看到弟弟的法宝被收，连忙祭起遁龙桩，却也被收走。姜子牙在一旁见了，挥舞打神鞭打来。可这打神鞭只能打神，魔家四将都是释门中人，因此并没有受影响，打神鞭却也被收进混元伞里。

魔礼青挡住南宫适，魔礼海对战辛甲，一时刀兵相接，难分胜负。这时魔礼青和魔礼海抽身跳出来，魔礼青舞起青云剑，魔礼海弹起琵琶。一时间天昏地暗，火光冲天，飞沙走石。魔礼寿看到三个哥哥都使用了法宝，也拿出花狐貂。花狐貂飞在空中，瞬间变成白象大小，见人就吃。可怜西岐将士死伤无数。

姜子牙回到城里，立刻挂出免战牌。整个西岐，只有哪吒兄弟、黄飞虎和龙须虎没有受伤，因此负责守城。一连两个月过去了，西岐的粮草所剩无几，姜子牙忧心忡忡。

魔家四将见姜子牙坚决不肯出战，逐渐失去了耐心。这天晚上，他们商量好一起使用法宝，把西岐变成一片汪洋。

姜子牙正在相府与黄飞虎商量退兵一事，突然看到外面风声大作，旗杆被折成两半。他吃了一惊，立即掐指一算，知道了魔家四将的打算，吓得面如土色。他连忙沐浴更衣，设坛焚香，望着昆仑山的方向跪拜。然后披发仗剑作法，把北海的水运到西岐，将海水倒扣在西岐城上，像罩子一样把城池盖得严严实实。

魔家四将不知道姜子牙已经调北海水来帮忙，到了晚上各自使出法宝扔到西岐上空，打算水淹西岐。三更过后，四人才收法宝回营，以为第二天就会不战而胜。

第二天一早，姜子牙把海水退回北海。

魔家四人出营，来到西岐城下观看，却发现西岐城毫发无损。四人疑惑不解，但又没有更好的攻城办法，只好继续围困西岐。

此时，西岐的督粮官来找姜子牙，说："丞相，我们的粮食只够维持十天了。"姜子牙听了万分焦急，却无计可施。

不知不觉又过去七天，这天来了两个道童求见姜子牙。

姜子牙问："二位来自哪座名山？到西岐来有何指教？"

两个道童倒身下拜，说："师叔，我们是金庭山玉屋洞道行天尊的弟子韩毒龙和薛恶虎，奉师父之命为师叔送粮。"

姜子牙听了大喜，忙问："粮食在哪里？"

只见韩毒龙拿出一只碗，里面盛放着一斗米。西岐的将士见他们只带了这一碗米，都暗自发笑。姜子牙知道这里面一定有奥妙，就让韩毒龙把米和碗拿到粮仓。令人惊讶的是，两个时辰后，三个原本空空如也的粮仓里都堆满了粮食。

西岐缺粮的问题得到解决，魔家四将更加拿姜子牙没有办法，转眼他们围困西岐都快一年了。

一天，一个眉清目秀的青年来到西岐找姜子牙。

姜子牙见对方器宇不凡，问："你从哪里来？"

来人说："弟子是玉泉山金霞洞玉鼎真人的徒弟杨戬。奉师命下山帮助师叔。"姜子牙大喜，把西岐被魔家四将围攻的情况告诉了杨戬。

杨戬说："请师叔摘去免战牌，弟子去会会魔家四将。"

魔家四将等了一年，终于看到西岐摘下了免战牌，就气势汹汹地出来挑战。四个人看到从城里出来一个似道非道、似俗非俗的人，就好奇地问：“你是什么人？”

杨戬说：“我是姜丞相的师侄杨戬。你们在这里害人，我要让你们看看我的厉害！”说完纵马摇枪来战。

魔礼寿祭起花狐貂，花狐貂在空中张开血盆大口，把杨戬吞进了肚子里。哪吒见杨戬被吃，急忙关闭城门，来向姜子牙报告。姜子牙听说杨戬刚出战就丧了命，心里十分痛惜。

魔家四将得胜回营，摆下宴席庆祝。魔礼寿说：“小弟不如把花狐貂放进城里，让它吃了姜子牙和姬发，这样咱们就不用在这里浪费时间了。”其他三人点头同意。

谁知杨戬练过八九玄功，会七十二变。他在花狐貂肚子里听到魔家四将的鬼主意，暗自笑道：“你们也不知道我的厉害。”三更时分，等到四周无人，杨戬就施展神通，在花狐貂的肚子中大闹一通，把花狐貂折腾得丧了命，然后他现出原形，回到城中来找姜子牙。

姜子牙正在和哪吒商议对策，听说杨戬回来，大惊：“杨戬不是死了吗？怎么会死而复生？”于是让哪吒前去查探。

杨戬将事情的经过说了一遍，姜子牙听完大喜，就让杨戬去取回魔家四将的法宝。

杨戬变成花狐貂的样子回到商营，魔礼寿不知道是杨戬变化的，以为是自己的神兽回来了，就收起放入皮囊里。等到四人睡熟，杨戬蹑手蹑脚地去取挂在架子上的宝贝。谁知一不小心把架子碰倒，惊醒了魔礼红，情急之下杨戬只拿走一把混元伞。

杨戬拿着混元伞回到城中，哪吒兄弟从伞里取出各自的法宝，对杨戬感激不尽。杨戬又偷偷地回到商营。

天亮后，魔礼红发现自己的伞不见了，就命人四处寻找，他哪里知道混元伞已经到了姜子牙的手里。

在青峰山紫阳洞，清虚道德真君喊来徒弟黄天化，告诉他到

杨戬大战魔家四将

了该下山的时候，就把自己的神兽坐骑玉麒麟交给黄天化，让他下山解西岐之围。

黄天化骑着玉麒麟，转眼就来到西岐。他和黄飞虎父子团聚，喜不自胜。黄飞虎设宴款待儿子，黄天化一时高兴，竟然忘记修道之人的规矩吃起荤来，还被姜子牙说了一顿。

魔礼青

封神榜上的增长天王，负责掌管风。魔家四将的老大，兵器为神通广大的青云剑、虎头枪和白玉金刚镯。

魔礼红

封神榜上的多闻天王，负责掌管雨。魔家四将的老二，有法宝混元伞，威力巨大，可收取敌人的武器。

魔礼海

封神榜上的持国天王，负责掌管调。魔家四将的老三，法宝为碧玉琵琶，法力无穷。

魔礼寿

封神榜上的广目天王，负责掌管顺。魔家四将的老四，兵器为双鞭，囊里有一只奇兽紫金花狐貂，能飞在空中变成白象大小，吃人。

杨戬

阐教玉鼎真人的徒弟，修成七十二变、八九玄功，并且足智多谋，见多识广，在伐纣之战中立下赫赫战功，后来肉身成圣，封清源妙道真君。

四十一 降伏四天君

这天，黄天化骑着玉麒麟向魔家四将挑战，魔礼青出来迎战。

两个人大战了二十回合，难分胜负。魔礼青取出白玉金刚镯，打中黄天化的后心，黄天化立即一头栽下，丢了性命。

哪吒见了，大喊一声："你竟敢伤我道兄！"举起乾坤圈就打，魔礼青连忙用白玉金刚镯迎上去，被哪吒的乾坤圈打得粉碎。魔礼海见大哥吃亏，就要用琵琶来对付哪吒。哪吒手疾眼快，在他动手前抱起黄天化的尸首飞回了城里。

黄飞虎抚摸着黄天化的尸体大哭，姜子牙也很难过。就在大家都闷闷不乐时，道德真君派白云童子赶来，把黄天化背回了紫阳洞。

道德真君用丹药救活黄天化，斥责道："你这小子，刚下山就吃荤！我如果不是看在你师叔的面上，一定不会救你！"黄天化赶忙承认错误。真君又取出法宝攒心钉交给黄天化，说："这件法宝可以助你打败魔家四将。"黄天化谢过恩师，下山去了。

黄天化再次挑战魔家四将。魔礼青见黄天化复活，挺枪刺来。黄天化取出攒心钉扔出，只见一道金光出掌，正中魔礼青的心脏。魔礼青顿时倒地而亡。魔礼红和魔礼海见大哥遇害，咬牙切齿地围了上来。黄天化又接连发出攒心钉，打死了他们两人。

魔礼寿看到黄天化一连杀死三个哥哥，勃然大怒，掏出花狐貂要吃黄天化。可这只花狐貂是杨戬变的，他一口咬下魔礼寿的手。黄天化趁机杀了魔礼寿。杨戬和黄天化大获全胜，回到城里向姜子牙复命。

闻仲本以为魔家四将可以消灭姜子牙，听到他们阵亡的消息，不禁大吃一惊，眉心的眼睛射出白光。这个时候，东伯侯和南伯侯的军队都被殷商的军队打败，于是，闻仲决定自己亲自出征西岐。

到了出征这一天，纣王亲自斟酒为闻仲饯行。墨麒麟由于长时间没有出战，闻仲刚刚跨上去就被摔在地上。一个大夫说："太师今天从坐骑上摔下，实在是不祥之兆。请太师另选其他人代替您出征吧。"

闻仲说："我作为大臣，就该为君主分忧。况且将军出征，非死即伤，这一点小事不足为怪。都怪我长久没有锻炼，才摔落下来。"说完，就带上三十万大军离开朝歌。

闻仲为了早日到达西岐，决定从青龙关抄近路。青龙关附近有一座黄花山，闻仲的大军刚走到这里，就看到有人在操练军马。闻仲见这群人训练有素，阵法灵活多变，再看

邓忠

封神榜上的雷部二十四位正神之一。兵器为一把开山斧，勇猛异常。

领头的大将赤发獠牙、面如蓝靛，手持一把开山斧，穿着金甲红袍，威风凛凛，不由得心里暗喜，打算收为己用。

就在闻仲观察的时候，对方将领骑着马来到近前，大喝一声："你是什么人？好大胆子，竟敢偷看我的军营！"话音刚落，举起手中的大斧砍向闻仲。闻仲四处征战多年，哪会害怕他。两个人打了十个回合，闻仲认为这个人虽然派不上大用场，但做个先行官之类的还是不错的，于是决定降伏此人。他念动咒语，用金鞭

张节

封神榜上的雷部二十四位正神之一。擅长使用单枪。

陶荣

封神榜上的雷部二十四位正神之一。擅长使用双锏，法宝为聚风幡。

一指，变出一道金墙，把这个人困在墙里。

闻仲从墨麒麟上下来休息，看到山中还弥漫着几道杀气，不由得提高了警惕。果然，一队人马向闻仲杀过来，带头的两员猛将指着闻仲大骂：“你把我家兄长藏到哪里了？”

闻仲说：“刚才那个蓝脸的人冒犯了我，被我打死了。你们两个要学他吗？”二人大怒，和闻仲动起手来。闻仲之前用了金遁，现在又使用水遁和木遁困住两个人。

没过多久，突然从天上飞来一个怪人。闻仲抬头一看，只见此人长有双翅，尖嘴獠牙，一手拿钻，一手握锤。闻仲称赞说：“真是个好汉啊！”他知道不能用五遁之术来对付这个飞人，就念起咒语，命令黄巾力士举起一座山把飞人压在山下。

闻仲举起钢鞭，装出要打死飞人的样子。飞人急忙求饶：“弟子不知道师父法力高强，冒犯了天威，希望师父饶我一命。”

辛环

封神榜上的雷部二十四位正神之一。本领和雷震子很像，兵器为一对雷公凿的锤钻，长有一双翅膀，可以飞在空中作战。

闻仲说:“我是殷商的太师闻仲，讨伐西岐路过这里。你的三个朋友无缘无故来打我，我才用法力降伏了他们。”

飞人大声说道:“弟子叫辛环，之前的三人分别叫邓忠、张节和陶荣。我们不知道是太师驾到，冒犯天颜，望太师恕罪!”

闻仲说:“我可以放了你，但你要拜我为师，帮我去征讨西岐。如果立下大功，会有享不尽的荣华富贵。”

辛环说:“弟子愿意!”闻仲就让黄巾力士移走了大山。

闻仲问辛环:“黄花山有多少人马?”

辛环回答:“此山方圆六十里，弟子手下有一万多人，还有数不清的粮草。”闻仲听了非常高兴。辛环又恳求闻仲放了他的三个兄弟。闻仲见辛环这么讲义气，就收了五行遁术，一时间困住三人的金墙、大海和森林全都不见了。

三人不知道情况，举起武器又要来对付闻仲。辛环急忙上前阻止:“兄弟们不要放肆，这位是闻太师!”三个人听说是闻仲，立刻下马叩拜，纷纷表示愿意主动投靠。

四十二 闻仲征西岐

闻仲得到四个帮手，心中大喜。他对辛环说：“你们告诉自己的部下，愿意跟随我讨伐西岐的就编入朝廷的军队，不愿意的也不强求，赏赐他们一些财物，让他们回家。”黄花山的人都对闻仲极其佩服，有七千多人表示愿意跟随。最后，辛环命手下放火烧了山寨，跟随闻仲离开黄花山。

大军在行进途中，路过一座险峻的山峰，石碣上面刻着“绝龙岭”三个字。闻仲看到石碣突然驻足不前，半天沉默不语，脸上也露出惊恐的神色。

邓忠好奇地问：“太师为什么不走了？”

闻仲说：“我当年拜碧游宫的金灵圣母为师，学艺五十年。师父说我应该享受人间富贵，就命我下山辅佐殷商。我下山前，师父说我这一生最好不要遇到‘绝’这个字。眼前的这座山峰叫绝龙岭，我一时想起了师父的嘱咐，所以有些犹豫不前。”

邓忠四人哈哈大笑，说：“太师，大丈夫怎么会被一个字定下终身的祸福？太师吉人天相，不会有事的。”闻仲只是默默不语，催促兵马加快行进速度。不久，殷商大军来到西岐南门，在此驻扎了下来。

姜子牙听说闻仲在城外安营扎寨，就上城观看。只见闻仲的军营井然有序，无懈可击。姜子牙暗自钦佩，知道自己遇到了一个强劲的对手，西岐城又将掀起一场恶战，只是可怜百姓无辜受战火牵连，无法安居乐业。

正在观看时，士兵来报，闻仲派邓忠进城下战书。姜子牙同意三天后对阵。

三天后，两军对垒。姜子牙派出五方队伍，按八卦方位站定。宝盖伞下，姜子牙骑着四不像，右边是身骑五色神牛的武成王黄飞虎。哪吒、杨戬、金吒、木吒、黄天化、武吉等人侍立在两侧。姜子牙欠身施礼，说："太师，恕姜尚不能向你行全礼。"

闻仲说："姜丞相，我早就听说你是昆仑山修炼的名士，为什么做起事来不识大体呢？"

姜子牙淡淡一笑，说："太师此言差矣。卑职上尊王命，下顺军民，奉公守法，守护西岐，这怎么叫不识大体呢？"

闻仲说："你只会花言巧语，却不知道自己犯下了大错。你不听王命，私自拥护姬发为武王，这就是欺君之罪！你收留朝歌的叛臣黄飞虎，这就是叛君之罪！我派人来问罪，你还拒不认罪，屠戮我的人马。现在我亲自出马，你还有脸狡辩！"

姜子牙笑着说："太师又说错了。我主是继承了先王的爵位，先王是文王，儿子称武王有什么不可以的。纣王倒行逆施，杀妻灭子，滥杀无辜，导致民怨沸腾，才引起四方诸侯起兵反抗。至于武成王一事，自古就有'君不正，臣投外国'的说法，武成王对纣王忠心耿耿，妻子和妹妹却惨死于纣王之手，他才不得不另投明主。我西岐对朝歌秋毫无犯，你却屡次三番地派兵讨伐，我不得已只好想办法退敌。他们自取其辱，逆天行事，不能怪我不讲仁义。请太师三思，撤兵回朝歌，不要再盲目讨伐了。"

闻仲被姜子牙的一席话说得面红耳赤，大声叫喊邓忠、张节和陶荣三人出战，姜子牙则派出黄飞虎、南宫适和武吉迎战。六个人杀得天昏地黑，难解难分。辛环见三人不能取胜，张开双翅飞到空中，手持锤钻，直奔姜子牙打来。

周营众将看到对面飞起一个面相恐怖的人，都吓得大惊失色。这时黄天化骑着玉麒麟冲了出来，护住姜子牙。闻仲见黄天化骑着玉麒麟，知道他也是个修道之士，就催开自己的墨麒麟，挥舞两条金鞭来战。姜子牙也骑着四不像上前抵挡。

闻仲武艺出众，久经沙场，姜子牙根本打不过他。他手上的金鞭是由两条蛟龙变的，分为一雌一雄。闻仲举起雄鞭，把姜子牙打下四不像，打算割下他的头颅。

在这个关键时刻，哪吒脚蹬风火轮挡住闻仲。五个回合后，闻仲一鞭击中哪吒的肩头，哪吒掉下了风火轮。闻仲越战越勇，一连打败了金、木二吒和韩毒龙。

杨戬见师兄弟们都败给闻仲，骑着银合马，大战闻仲。闻仲见杨戬相貌非凡，心里想："西岐有这么多的奇人，难怪会造反？"他一鞭砸中杨戬的头顶，只迸出几个火星，不禁暗暗称赞杨戬的道行。

经过一番大战，闻仲的军队大获全胜，众将回营都向他庆贺首战告捷。

姜子牙收拾残兵回城，见众多将领被打伤，心里闷闷不乐。杨戬建议休战两天，等到得胜之后再趁机劫营。姜子牙很赞同。

第三天，西岐炮声响起，周营众将一起杀出。姜子牙举起打神鞭直奔闻仲。闻仲的金鞭虽然是宝物，但终究敌不过打神鞭，被打成两半。闻仲见兵器被毁，大骂道："好你个姜尚，今天毁了

闻仲征西岐

我的宝贝，我与你势不两立！”姜子牙又举起打神鞭把闻仲从墨麒麟上打下来。闻仲急忙借土遁逃跑。商营一下子没有了主帅，人心涣散，被周军打得落花流水，大败而归。

回城后，杨戬对姜子牙说：“师叔，我们今晚劫营，一定会大获全胜。”

姜子牙大喜，于是调兵遣将，给众位将领安排了任务。黄飞虎、黄飞彪、黄明等人攻打商军左营，南宫适、辛甲、辛免等人进攻右营，哪吒和黄天化率队发起第一轮冲锋，木吒、金吒、韩毒龙和薛恶虎展开第二轮攻击，龙须虎和武吉保护姜子牙，组织第三轮进攻，又另派杨戬去烧毁商军的粮草。

夜晚，闻仲正在自己的营帐里生闷气，忽然觉得杀气弥漫，他急忙掐指一算，知道姜子牙打算劫营。闻仲连忙让手下的将士做好迎敌的准备。

半夜时分，周营众将从四面八方包围商营，与商军打成一团。双方正杀得雌雄难辨时，忽然看到火光冲天。原来杨戬趁着两军混战，偷偷地用三昧真火点燃了闻仲大军的粮草。

闻仲见粮草被烧，知道大势已去，只好组织自己的人马向岐山撤退。

四十三 兵困十绝阵

终南山玉柱洞里，云中子突然想起闻仲正带兵讨伐西岐。他让金霞童子把雷震子叫到近前，说："徒弟，到了你去西岐帮助你兄长姬发讨伐纣王的时候了。你要好好发挥自己的本领，不要辜负了你的风雷双翅。"雷震子告别师父下山去了。

雷震子离开终南山，不一会儿就飞到西岐。他远远地看见商军正在撤退，心想正好可以攻他们一个措手不及，举起金棍就砸向骑着墨麒麟的闻仲。

闻仲正组织人马仓皇撤退，猛然抬头，看到天上飞来一个怪人，急忙喊辛环迎战。

雷震子和辛环两个本领相似的人相遇，他们驾着双翅，在空中大战了五十回合。辛环逐渐体力不支，抽身逃进岐山。雷震子也不追赶，向西岐城飞去。

姜子牙正在府里和众将庆祝胜利，听到侍卫来报，外面有一个模样奇怪的道童找他，就让人请他进来。

雷震子见到姜子牙，倒身下拜，喊道："师叔，弟子奉师父之命前来相助。"

姜子牙问："你叫什么名字？来自哪座名山？是谁的弟子？"

雷震子说："弟子是终南山玉柱洞云中子的弟子雷震子。"姜子牙听文王提起过雷震子，知道他是文王的义子，就带着他去拜见武王。

武王看到雷震子，高兴地说：“御弟，先王曾多次提起你，当初多亏御弟，先王才能顺利摆脱追兵。今天我们兄弟终于见面了！”说完设宴款待雷震子，又为他安排好住处。

闻仲率领大军撤退到了距离岐山七十里的地方。他吃了败仗，心里十分恼火，仰天长叹道：“我自从带兵以来，东征西讨从来没有失败过，今天竟然被姜子牙打败，实在是可恨！”

吉立安慰道：“太师不必忧虑，三山[①]五岳[②]都有您的道友，请一两位前来相助，就可以打败姜子牙。”

闻仲说：“老夫一时懊恼，竟然把这事给忘了。”他吩咐邓忠、辛环看守军营，自己跨上墨麒麟前去寻找道友助阵。

闻仲的墨麒麟周游天下，瞬间可以跑千里远。不一会儿，闻仲来到东海金鳌岛，见岛上青柏常绿，林中的灵兽自由出入，满地的奇花常开不败，不由得感叹：“真是一处神仙胜境！”

闻仲环绕着岛寻访一遍，发现各处洞门紧闭，道友们都不在家，心里觉得很奇怪。他刚要离开金鳌岛，听见身后有人喊他：“闻道兄，你要到哪里去？”

闻仲回头一看，原来是菡芝仙，急忙行礼，问道：“其他道友都去了哪里？”

菡芝仙笑着说：“道友们现在都在白鹿岛为你演练阵法呢。”

闻仲被菡芝仙的话说愣了，问：“为我演练什么阵法？”

菡芝仙回答：“前些天申公豹来到金鳌岛，请我们去西岐帮你。我因为八卦炉里还有一个东西没有炼成，所以等在这里。等成功了，我马上赶去。你现在就去白鹿岛找他们吧。”闻仲大喜，辞别

---

① 三山：指传说中的海上“三神山”——蓬莱、方丈、瀛洲。

② 五岳：是中国五大名山的总称。即东岳泰山（山东省）、南岳衡山（湖南省）、西岳华山（陕西省）、北岳恒山（山西省）、中岳嵩山（河南省）。

了菡芝仙，前往白鹿岛。

道人们正在岛上休息，看到闻仲骑着墨麒麟来到，纷纷起身相迎。闻仲笑着说："道友们好自在啊！"

秦天君说："闻道兄来得正是时候。我们刚刚练好十阵图，你就赶到了。"

闻仲问："敢问是哪十阵？"

秦天君笑着回答："闻道兄，到了西岐你自然就知道了。"

闻仲看了看众人，发现在场只有九位道友，问："金鳌岛十天君为什么少了一位？"

秦天君说："金光圣母去白云岛练她的金光阵了，因为她的阵法与我们的阵法玄妙不同。"

董天君说："闻道兄，我们的阵法已经练好，就先走一步。你在这里等一下金光圣母吧。"

闻仲说："承蒙各位道友厚爱，有劳各位了！"九个道人于是借水遁去了西岐。

没过多久，金光圣母就骑着五点斑豹驹来到白鹿岛，看到闻仲前来相迎，心中大喜。两个人驾起云光，霎时间就回到了岐山。

闻仲有了援军，连夜整顿兵马，率领大军来到西岐城下安营扎寨。

姜子牙带领门人上城观看，只见闻仲的军营上空愁云惨惨，杀气腾腾，十多道黑气直冲霄汉。姜子牙大吃一惊，知道闻仲请来了高人助阵。他默默不语，回到府中与众位将领商量对策。

第二天，两军对垒。只见闻仲坐在墨麒麟上，手持金鞭在前，后面是十位骑鹿的道人，一个个相貌凶恶。秦天君骑着鹿上前行了个礼，请姜子牙出列说话。

姜子牙行过礼，问道："道兄来自哪座名山？"

秦天君说："我是金鳌岛的秦完。你是阐教的弟子，我是截教的门人，我们教主出自一家，你为什么依仗道术欺负我阐教？”

姜子牙回答：“道友凭什么说我欺负贵教？”

秦天君说：“你之前杀了九龙岛四圣，这还不是欺负我截教？我等离岛本打算与你决一雌雄，但想到争勇斗狠有失仙家体统，希望你见好就收，不要再继续错下去。”

姜子牙笑着说：“道兄错了。纣王无道，灭绝人伦，我主顺应天意，打起反商的旗号。道兄是有道之士，怎么说那些不明事理的话？”

秦天君大怒，说：“姜子牙，你的意思是说我们逆天行事！我们在岛上练了十绝阵，你要是有好生之德，就不要把西岐的将士送到阵里遭受杀戮。”

姜子牙问：“敢问道友，是哪十阵？”

十个道人回到军营，准备各自的阵法。一个时辰后，把十绝阵摆在城下。秦天君说：“姜子牙，你可以下城来看阵。”

姜子牙带着哪吒、黄天化、雷震子和杨戬四人来到十绝阵前逐一观看。原来十绝阵分别是天绝阵、地烈阵、风吼阵、寒冰阵、金光阵、化血阵、烈焰阵、落魂阵、红水阵、红砂阵。

姜子牙等人看完了十绝阵，袁天君问：“你什么时候来破阵？”

姜子牙回答：“等你们准备好，我自然会带人前来领教。”

回到城里，姜子牙眉头紧锁，对门人们说：“我刚才的回答只是为了掩人耳目。这十绝阵都是截教的稀奇古怪之阵，高深莫测，我根本不会破解。”

金鳌岛十天君

封神榜上的雷部二十四员催云助雨护法天君。他们是截教的十名散仙，分别是秦完天君、赵江天君、董全天君、袁角天君、金光圣母、孙良天君、白礼天君、姚宾天君、王变天君、张绍天君。

四十四 子牙魂游昆仑山

商军营中，闻仲正在设宴款待金鳌岛十天君。闻仲好奇地问起十阵的玄妙之处，各位道人一一道出。闻仲听完大喜，说：“今天有幸请到十位道友，布下这十阵，西岐将指日可破。”

姚天君说：“各位道兄，贫道认为西岐不过是弹丸之地，姜子牙只有几十年的道行，根本就经不起十绝阵。依小弟之见，不如略施小术处死姜子牙。到时候西岐军中没了主帅，自然会瓦解。用十绝阵对付他们，实在是大材小用。”

闻仲急忙问：“道兄有什么好办法吗？如果可以直接杀死姜子牙，就可以避免发起战争，造成人员伤亡。”

姚天君说：“我有方法，不需要一兵一卒，就可以在二十一天内让姜子牙自然死去。”说完附在闻仲耳边说出了自己的计划。

闻仲喜不自胜，说：“有姚兄相助，实在是国家之幸啊！”

姚天君来到自己的落魂阵，走上土台，在香案上扎了一个草人，上面写着“姜尚”。草人的头上放了三盏催魂灯，脚下点着七盏促魄灯。姚天君披发仗剑，念起咒来。

三天后，西岐城里的姜子牙开始变得呆傻，说话颠三倒四，每天坐卧不安。门人们看到姜子牙心烦意乱，整日慵懒无神，以为他只是苦于没有破阵的方法。十五天后，姚天君已经把姜子牙的三魂七魄摄去了二魂四魄，导致姜子牙当着众将的面就鼾声如雷。大家都不知所措，只有杨戬怀疑姜子牙可能遭人暗算。

转眼过去了二十天，姜子牙只剩下一魂一魄，和死人没有什么区别。这剩下的一魂一魄飘飘荡荡来到了柏鉴的封神台。柏鉴见姜子牙的魂魄来到，急忙把他推下台。姜子牙一心不忘师父，魂魄又飘向昆仑山。

南极仙翁在山中采药，猛然间看到姜子牙的魂魄，不禁大吃一惊："子牙的性命没了！"他急忙追上去，把姜子牙的魂魄装进自己的葫芦，来到玉虚宫找元始天尊求助。

南极仙翁刚跨进玉虚宫的门，就被赤精子拉住。原来赤精子已经得知姜子牙魂魄的事，正为了救他而来。赤精子接过葫芦，借土遁来到西岐。

赤精子来到相府，看到武王和众位门人哭成一片，对大家说："你们不要难过，今晚三更，姜丞相就会起死回生。"

三更时分，赤精子起身出城。只见十绝阵中黑气弥天，阴云密布，隐约传出鬼哭神嚎的声音。赤精子见此阵险恶，就在脚下现出两朵白莲花作为护身之物。他拨开云雾，看到姚天君正在落魂阵里作法，草人的头顶和脚下都只剩下一盏忽明忽暗的灯。姚天君不知道姜子牙剩下的一魂一魄已经被装进了葫芦，见法术不灵，不由得心中焦躁。

赤精子跳进落魂阵，伸手去抢草人。姚天君猛然抬头，看到赤精子跳进自己的阵里，勃然大怒："赤精子，原来是你在捣乱！"说着，就抓起一把黑砂砸向赤精子。赤精子急忙驾土遁逃跑。

杨戬见赤精子回来，问："师伯救回师叔的魂魄了吗？"

赤精子摇着头说："十绝阵太厉害了，我刚才差点就陷在落魂阵里。”

武王听赤精子这么说，大哭道：“相父这次无法复活了。”

赤精子说：“大王不要悲伤，贫道这就去玉虚宫求师父帮忙。”说完，赤精子离开西岐，脚踏祥光，借土遁来到了昆仑山玉虚宫。

元始天尊听完赤精子的叙述，缓缓地说：“你去八景宫找我师兄老子，自然会找到答案。”

赤精子离开玉虚宫，驾祥云来到了八景宫玄都洞。赤精子等在洞外，不敢擅自闯进去。过了一会儿，老子的徒弟玄都大法师出宫来，看到赤精子在外面，好奇地问：“道友怎么在这里？”赤精子行礼说：“道兄，我是为了姜子牙魂魄游荡的事情，专程来请教师伯。”玄都大法师便将赤精子引进宫来。

玄都大法师

老子唯一的弟子，内外丹道悟性极高，拥有法宝八卦紫金炉。

赤精子见到老子，倒身下拜。老子说："姜子牙落魂阵遇难，都是天数。我的宝贝不久也要在落魂阵遭到厄运。"他把法宝太极图交给赤精子，说："你拿着太极图去营救姜子牙。"然后把口诀传授给了赤精子。

太极图

老子的镇道至宝，法力超强的开天圣器，能劈地开天，分清理浊，定地、水、火、风。

赤精子回到西岐。到了三更，他带着太极图闯入落魂阵，看见姚天君还在那里施法。赤精子展开了太极图。这个宝贝是老子自开天辟地时就拥有的，能分出清白浑浊，确定地、水、火、风，包罗万象。

只见太极图变成五色金桥，护送赤精子来到阵内。他刚刚抓住草人，就被姚天君看到。姚天君把一斗黑砂泼向赤精子。赤精子大叫一声"不好！"慌忙逃脱，把太极图落在阵里。

杨戬看到赤精子返回，急忙问："师伯，师叔的魂魄救回来了吗？"

赤精子长叹一声："哎，子牙虽然得救，但大老爷的宝贝太极图却丢在落魂阵里。"说完，把草人和葫芦里的魂魄合为一体，送回到姜子牙的身体里。

姜子牙醒过来，打着哈欠说："睡得好香啊。"他看到赤精子站在自己身旁，问道：“师兄怎么来了？”武王笑着把事情的经过说给姜子牙听。姜子牙听说为了救自己，老子的法宝落入了敌人手里，感到万分愧疚。

第二天，赤精子和姜子牙正在讨论破阵的对策，二仙山麻姑洞的黄龙真人来到西岐。姜子牙问：“师兄来西岐有什么指教？”

黄龙真人笑着说：“我来西岐是为了对付十绝阵。不只是我，其他道友也会陆续来到。我先来一步通知你，赶快在西门外面搭一个芦篷，迎接三山五岳的道友们。”姜子牙大喜，连忙让武吉、

黄龙真人

元始天尊的弟子，玉虚十二仙之一，坐骑为仙鹤，道场在二仙山麻姑洞。

南宫适去搭建芦篷。

芦篷很快就搭好了，上面装饰着鲜花和彩带，地上摆放着蒲团。姜子牙与两位师兄带领众多门人出城迎接，阐教的高人们陆陆续续来到西岐，他们是：

九仙山桃园洞广成子

夹龙山飞龙洞惧留孙

乾元山金光洞太乙真人

崆峒山元阳洞灵宝大法师

五龙山云霄洞文殊广法天尊

九宫山白鹤洞普贤真人

普陀山落伽洞慈航道人

玉泉山金霞洞玉鼎真人

金庭山玉屋洞道行天尊

青峰山紫阳洞清虚道德真君

广成子说：“众多道友来到西岐，都是为了帮助武王伐纣。子牙打算什么时候破阵？我们都听你差遣。”

姜子牙诚惶诚恐地说：“各位师兄，我只不过四十年的修为，哪里破得了十绝阵。还是请一位师兄来主持吧！”

广成子说：“我们这些人单打独斗倒还可以，说到调兵遣将就不擅长了。”正说着，半空中传来鹿鸣，一股奇异的芳香扑面而来。

四十五 议破十绝阵

所有人都抬头观看，只见一个道人骑着鹿驾云赶来，原来是灵鹫山元觉洞的燃灯道人来了。众人急忙行礼。

燃灯道人回礼说：“众位道友已经到了，贫道来迟一步，请多包涵。这十绝阵十分凶恶，不知道由谁来主持破阵？”

姜子牙躬身行礼说：“我们正在为这件事犯愁，师兄来得正是时候。”

燃灯道人哈哈大笑说：“既然道友们看得起贫道，那就恭敬不如从命了。”说完接过印绶，与众人讨论破敌的对策。

商军那边，十天君告知闻仲十绝阵已经准备完毕，闻仲大喜，派邓忠到西岐下战书。姜子牙与道友们商议后，决定三天后会战。

闻仲在军营里设宴款待十天君，猛然看到西岐城上空彩云缭绕，掐指一算，得知阐教仙人们前来助阵。十天君知道不能轻敌，心中有些担忧，纷纷回到本阵加强防守。

三天后，两军在西岐城下对垒。燃灯道人骑着梅花鹿居于正中，两旁是昆仑山的十二位上仙。只见一声钟响，对面的阵门打开，一位赤发蓝脸的道人骑着黄斑鹿出来了。他就是秦天君。

第一阵就是秦天君的天绝阵。玉虚宫的门人邓华主动入阵挑战。两个人大战五个回合，邓华越战越勇。秦天君急忙把台上的三首幡拿在手中，左右摇晃。只见阵里突然雷声大作，狂风呼啸。邓华昏昏沉沉，找不到东南西北，倒在地上死于非命，魂魄飞进了封神台。秦天君见自己得胜，对着西岐大喊：“昆仑山的弟子，还有人敢进我的天绝阵吗？”

燃灯道人见邓华丧命，悲叹：“可怜数十年道行，落得如此地步。”命令文殊广法天尊破阵。

天尊来到阵里，看见里面阴风惨惨，知道此阵凶险。他小心翼翼地走到阵心，现出法身，顿时天尊身上射出万丈光芒，冲破了黑暗。秦天君用三首幡对准天尊摇了许多遍，丝毫不起作用。天尊取出法宝遁龙桩，将秦天君牢牢地套在桩上，挥剑砍了过去。

地烈阵的赵天君见道友被杀，气得大叫道：“谁来会我的地烈阵？”韩毒龙上前挑战。五六个回合后，赵天君摇动手里的五方幡，顿时怪云卷起，空中电闪雷鸣，地上烈火焚烧，把韩毒龙烧成粉末。

赵天君大叫：“阐教的道友，挑一个有道行的人

玉鼎真人

元始天尊的弟子，昆仑十二仙之一，道场在玉泉山金霞洞。徒弟是杨戬，拥有镇洞之宝斩仙剑。

来挑战，别再找这样根行浅薄的人白白搭上性命。”燃灯道人派惧留孙迎战。

惧留孙对赵天君说：“赵江，你逆天行事，摆出这么凶恶的阵，恐怕难逃封神台之灾。”赵天君大怒，又举起手中的五方幡开始施展法术。惧留孙见势不妙，就取出了自己的法宝捆仙绳，把赵天君紧紧地捆绑起来，然后命令黄巾力士把他捉回周营。

闻仲见西岐连破两阵，勃然大怒，骑着墨麒麟追赶惧留孙：“惧留孙，不要走，我来了！”

玉鼎真人大声喊道：“闻道友不要心急。你们十阵才被破了两阵，还有八阵未见分晓。你这么冲动，实在不够高明啊。”闻仲被玉鼎真人说得面红耳赤，哑口无言。

燃灯道人说：“闻道友，今天就先到这里吧，明日我们再战。”

董天君说：“好，明天贫道的风吼阵等着你们。”

燃灯道人等人回到芦篷，命人把赵天君吊在芦篷上面。众仙问燃灯道人：“我们明天能破风吼阵吗？”

灵宝大法师

元始天尊的弟子，昆仑十二仙之一，道场在崆峒山元阳洞，兵器是一把不知名的佩剑。

燃灯道人说:“恐怕破不了。这风吼阵里的风可不是凡间的风，一旦发动，就会变成成千上万的利刃袭来，稍不留神就会丧命。我们想要破阵，必须先借到定风珠。”

众人急忙问:“到哪里去借定风珠?”

灵宝大法师突然说:“我有一个好友叫度厄真人，他有定风珠。他在九鼎铁叉山八宝云光洞修炼，弟子这就写一封信交给子牙，

度厄真人

西昆仑的散仙，道场在九鼎铁叉山八宝云光洞。郑伦和李靖的师父，法宝为定风珠。

让他派人带着我的信前去借定风珠。”

姜子牙立刻派散宜生和晁田一文一武两个大臣去借定风珠。两个人马不停蹄地来到了九鼎铁叉山。度厄真人看了灵宝大法师的信，得知他们的来意，毫不犹豫地借出法宝，只是叮嘱他们不要丢失了。

两个人带着法宝快马加鞭往回赶，来到黄河边，发现一艘渡船没有，就找到一个过路的人询问：“敢问老兄，我们前些天过黄河时，还有很多渡船，今天为什么都不见了？”

这个人回答：“先生有所不知，前天来了两个恶人，他们力大无穷，控制了这里的渡船，专门勒索要渡河的人。”散宜生和晁田决定去找这两个恶人理论。

没过多久，他们果然看到了两个大汉在河上摆渡。只见，有人从左岸上船，右边的大汉就用绳子直接把船拉过河；要是从右岸上船，左边的大汉也是直接用绳子拉船过河。散宜生一看，这两人果真力气惊人。

晁田骑马上前，发现这两个人正是当年背着殷郊和殷洪逃跑的方弼、方相兄弟。

晁田上前打招呼：“方将军！”

方弼见是晁田，惊讶地说：“原来是晁兄！你这是要去哪里？”

晁田回答：“我要赶回西岐。”

方弼说：“你是纣王的大臣，去西岐干什么？这位先生又是谁？”

晁田说：“这位是散宜生大夫。因为纣王荒淫无度，我已经归顺武王了。我们为了破闻太师的风吼阵，刚刚借到定风珠，没想到被黄河阻拦，幸好遇到了你们。”

方弼心想："自从我们兄弟反出朝歌，得罪了纣王，连生活都成了问题。今天就把定风珠抢走，将功折罪，说不定纣王会让我们官复原职。"打定了主意，方弼先把两个人渡到对岸，然后装模作样地问："散大夫，这定风珠长什么样？可以借我看一看吗？"

散宜生见方弼是晁田的朋友，就取出定风珠给他。方弼接过定风珠，直接往怀里一放，说："这颗定风珠就当作是你们过河的报酬吧。"说完扭头就跑。

方弼、方相身高三丈，力气惊人，散宜生和晁田根本不敢去追。散宜生难过地说："我还有什么脸面回西岐见姜丞相。"说着就要跳进黄河。

晁田急忙拦住散宜生："大夫不要心急。我们死不足惜，但姜丞相还等着我们的消息呢。我们还是先回去把情况告知姜丞相！"于是，两个人快马加鞭向西岐赶去。

跑了十五里，两人遇到了催粮的黄飞虎，散宜生便把刚才的遭遇告诉了他。黄飞虎听了安慰散宜生："大夫不要急，我的神牛日走八百里，现在就去追赶他们！"

没过多久，黄飞虎就追上了方氏兄弟，他大喝一声："你们两个抢了定风珠，现在往哪里去？"

方氏兄弟一看是黄飞虎，急忙停下脚步向前行礼："千岁，我们只是把定风珠作为他们过河的酬劳。您这是要往哪里去？"

黄飞虎生气地说："快把珠子给我！"方弼赶忙送上定风珠。

黄飞虎说："我现在已经弃纣归周，你们两个不妨跟着我投奔武王。到时候你们各凭本事封侯拜将，不好过现在吗？"

两个人高兴地说："多谢千岁提拔。"于是跟随黄飞虎来到西岐。

燃灯道人得到定风珠，高兴地说：“有了这个宝贝，就可以破风吼阵了。”

第二天，燃灯道人率领昆仑十二仙再次挑战。方弼因为刚刚归顺西岐，立功心切，主动请求破阵。

他刚一入阵，董天君立即摇起黑幡。只见黑风卷起，阵中射出无数的利刃，可怜方弼还没来得及反应，瞬间丢了性命。

董天君哈哈大笑：“玉虚道友们，你们不要再把凡夫俗子送进阵里白白送死。”燃灯道人把定风珠交给慈航道人，派他去破阵。

慈航道人对董天君说：

慈航道人

元始天尊的弟子，昆仑十二仙之一，道场在南海普陀山。坐骑为金毛犼，即原截教门人金光仙，随身法宝为清净琉璃瓶。

“道友，你赶快收了法术，不要再执迷不悟，否则性命难保。”董天君大怒，举起宝剑刺向慈航道人。五个回合后，董天君再次摇动黑幡。可是慈航道人手上有定风珠，黑风根本刮不起来。慈航道人把清净琉璃瓶祭在空中，命令黄巾力士将瓶底朝天，瓶口朝地。只见一道黑气从瓶里冒出来，直接把董天君吸了进去。

寒冰阵的袁天君见又一个道友遇害，按捺不住了，大喊：“哪个敢进我的阵?”薛恶虎提着宝剑径直冲入寒冰阵。袁天君见闯阵的是个道童，笑着说：“你快回去，让你师父来。”

道行天尊

元始天尊的弟子，昆仑十二仙之一，道场在金庭山玉屋洞。徒弟有韦护、韩毒龙、薛恶虎，法宝包括宝斗、降魔杵、绝仙剑。

薛恶虎说：“你不要太嚣张，看我破了你的阵！”

袁天君大怒，摇动黑幡。只见天上地下，各有一块像狼牙一样的冰山朝中间靠拢，把薛恶虎压在了里面。道行天尊长叹一声：“可怜我的两个弟子都死在十绝阵。”

燃灯道人只好安排普贤真人破阵。真人来到阵内，变出一个八角金灯，将寒冰阵里的冰山全部融化。袁天君见自己的阵被对方破解,转身逃跑。普贤真人飞出吴钩双剑,把袁天君斩于阵内。

金光圣母为了替死去的道友报仇，骑着五点斑豹驹，提着飞金剑赶来，大喊:“阐教门人，哪个敢来破我的金光阵?”玉虚宫门下弟子萧臻不等燃灯道人发话，直接跳入阵里。

顿时二十一根柱子平地而起，上面挂满了镜子。金光圣母念动咒语，万道金光从镜子里射出，把萧臻照得灰飞烟灭。

燃灯道人见了,让广成子去破阵。金光圣母看到广成子,大喊:“广成子，你敢破我的阵吗?”

广成子笑着说:“破你的阵有什么难的，就像小孩的游戏。”

金光圣母大怒，升起了镜子。广成子急忙披上早已准备好的八卦紫绶仙衣。金光虽然厉害,却无法穿透仙衣,广成子安然无事。他取出番天印，打碎了阵里的十九面镜子。金光圣母急忙拿起剩下的两面镜子，准备来照广成子。可广成子手疾眼快，早已举起了番天印，击中金光圣母的头顶，把金光圣母打得当场丢了性命。

闻仲看见金光圣母被打死，气得要冲上前去报仇，却被化血阵的孙天君拉住。他骑着黄斑鹿上前来，大喊:“谁来破我的化血阵!”燃灯道人还没应声，武夷山白云洞的散仙乔坤已经跳进了化血阵。几个回合后，孙天君将一片黑砂砸在乔坤身上，乔坤立刻倒地，一道灵魂飞进了封神台。

燃灯道人悲叹一声，让太乙真人上前破阵。

太乙真人唱着歌进入化血阵。孙天君说:“太乙真人，我劝你不要来这里送命。”

太乙真人哈哈大笑:“道友不要说大话，我进你的化血阵，就好像入无人之境一样。”孙天君刚要抓起黑砂打来，太乙真人已经先一步祭起九龙神火罩，把孙天君烧成灰烬。

四仙连破四阵

此次对阵又有四位天君丧命，闻仲急忙鸣金收兵。回到营中，他难过地对剩下的四位天君说："都是为了帮助我，六位道友才遭遇横祸，我实在心里不安。请你们回岛吧，我自己和姜子牙决一死战。"

四位天君说："闻道兄不要难过，生死有命，我们还要留下来为道友们报仇雪恨。"

闻仲坐在营帐里长吁短叹，忽然间想起了峨眉山罗浮洞的赵公明。于是安排好军营里的事，独自骑着墨麒麟来到峨眉山。

赵公明听说闻仲来到，高兴地出洞迎接。见到闻仲，赵公明大笑着说："闻道兄，是什么风把你给吹来了？你不在人间享受荣华富贵，来我这清净闲散之地，有何贵干？"

闻仲长长地叹了一口气，赵公明好奇地问："道兄为什么叹气？"

闻仲说："我奉诏讨伐西岐，没想到阐教的姜子牙足智多谋，还找来昆仑十二仙帮忙。我请金鳌岛十天君助阵，结果有六人惨死。我实在没有办法，就想请赵道兄出山帮我。"

赵公明说："你怎么不早点来？现在的这种失败局面，完全是你咎由自取。你先回去，我随后就到。"闻仲大喜，辞别赵公明，自己先回到西岐。

赵公明带上门人陈九公和姚少司，借土遁前往西岐。半路上，赵公明路过一座风景秀丽的高山。他正停在山上欣赏美景，忽然狂风大作，跳出来一只黑色的猛虎。赵公明哈哈大笑："我正缺少坐骑，你自己就送上门了。"说着跨到黑虎的背上，在虎头上画了一道符印。只见黑虎乖乖听命，立刻腾空而起，刹那间飞到了闻仲的军营。

闻仲和四位天君听说赵公明来到营外，都出来迎接。赵公明看到被西岐吊起来的赵天君，问道：“那个挂着的人是谁？”

闻仲说：“是地烈阵的赵江。”

赵公明大怒：“岂有此理！三教都是一家，为什么这么侮辱截教的门人？看我也去周营捉一个阐教的门人来羞辱他们！”说完，骑虎提鞭，来到西岐城下挑战。

普贤真人

元始天尊的弟子，昆仑十二仙之一，道场在九宫山白鹤洞。有弟子木吒，法宝和兵器包括吴钩剑、长虹锁、太极符印等，坐骑为黄牙白象，即原截教门人灵牙仙。与慈航道人、文殊广法天尊并列合称为“三大士”。

赵公明

封神榜上的金龙如意正一龙虎玄坛真君。通天教主的弟子，三霄娘娘的师兄及大哥，道场在峨眉山罗浮洞。兵器为一条神鞭，有法宝缚龙索、二十四颗定海珠，坐骑是一只黑色猛虎。

四十七 赵公明出山

赵公明到了城下，大喊：“叫姜子牙出来见我！”

燃灯道人向城下一望，对姜子牙说：“这是峨眉山的赵公明，你要见机行事。”姜子牙领命，带着门人出城来。

姜子牙向前施礼：“道友怎么称呼？”

赵公明说：“我是峨眉山罗浮洞的赵公明。你一连破了我们六阵，又把赵江吊在芦篷上，实在是可恨。我今天下山，就是为了与你比个高低！”说完，骑着黑虎直奔姜子牙打来。

双方交手不到五个回合，姜子牙就被打下了四不像，哪吒见了急忙飞过去营救。赵公明大怒，又挥鞭把哪吒打下风火轮。

关键时刻，黄天化、雷震子和杨戬一齐杀出，把赵公明围在当中。赵公明以一敌三，毫无惧色。杨戬见赵公明勇猛，暗中放出哮天犬。赵公明没有防备，肩膀被哮天犬咬伤，只好跨虎逃回军营。

姜子牙被赵公明一鞭打死，幸亏有众位仙人在身边，广成子取出仙丹救活了姜子牙。

第二天，两军对垒。赵公明对燃灯道人说：“你们阐教也太欺负我们截教了。两家教主都出自一门，为什么苦苦相逼？”

燃灯道人说：“赵道兄，你知道封神榜的事情吧？”

赵公明说："我当然知道。"

燃灯道人说："既然知道封神榜，就该清楚三教都有人进入榜单。你本来无拘无束，为什么非要来凑这个热闹！"

赵公明大怒："燃灯道人不要强词夺理。"举鞭打了下来。

黄龙真人骑鹤来到近前，大喊："赵公明，休得无礼！"

赵公明大怒，又一鞭打向真人，被真人用宝剑挡住。几个回合后，赵公明使出了缚龙索，捉住黄龙真人。

赤精子急忙上前营救，赵公明取出二十四颗定海珠扔到空中。只见定海珠发出五色光芒，照得人和神都无法睁眼。一道光射下来，把赤精子打倒在地。

广成子急忙赶来助阵，也被定海珠击中。之后，道行天尊、玉鼎真人和灵宝大法师都被定海珠打败。五位上仙只好撤回芦篷，黄龙真人则被赵公明捉回了商营，也高高地吊在旗杆上。

燃灯道人见赵公明这么厉害，连忙询问五位上仙，打伤他们的是什么宝物，可大家都说只能看到红光，不知道是何物。燃灯道人闷闷不乐，一抬头又看到黄龙真人被吊起来，心中更加不安。

玉鼎真人在一旁安慰："师兄不要担心，等到了晚上，让杨戬去救黄龙真人。"

夜晚，杨戬变成飞虫飞到黄龙真人耳边，悄悄地问："师叔，弟子奉命来救你。你需要我做什么？"

真人说："只要摘下我头上的符印，我自然能够脱身。"杨戬大喜，将符印揭开。黄龙真人作法回到西岐。

赵公明正在喝酒，听说黄龙真人不见了，掐指一算，知道是杨戬来营救，没有放在心上。

第二天，燃灯道人亲自出阵迎战。两个人打了几个回合，赵

赵公明出山

公明再次使用定海珠。燃灯道人睁开慧眼，看到了五色神光，但看不清是什么宝物，急忙拨鹿就走。赵公明在后面紧追不舍。

燃灯道人到一个山坡，看到两个人在松树下对弈。二人看到燃灯道人，请他站在一旁，自己则拦住赵公明的去路。

赵公明生气地问："你们是什么人，敢拦我的路？"

两个人哈哈大笑，说："我们是武夷山的散仙萧升和曹宝。见燃灯师父被你追赶，因此拦你。"

赵公明大骂："你们有什么本事敢拦我？"说完，把缚龙索抛到空中。

萧升看到缚龙索，大笑："来得好！"说着，取出法宝落宝金钱，把缚龙索收走。

赵公明大怒，祭起定海珠，却也被落宝金钱打落。赵公明一连失去两件宝贝，气得暴跳如雷，一鞭挥去，打中萧升的脑袋。箫升当场丧命。

曹宝见师兄被杀，就要报仇。燃灯道人见萧升因为帮助自己被杀，心里十分难过，连忙使出乾坤尺，打伤了赵公明。赵公明带伤逃回军营。

燃灯道人来到近前行礼，说："感谢道兄出手相助。箫道兄为了救我丢了性命，贫道实在对不起他。"

曹宝说："我们看到赵公明追赶师父，实在愤愤不平，因此才出手相助。我们的宝贝落宝金钱，刚好是他法宝的克星。"

燃灯道人拾起被打落在地的定海珠，说："这是开天辟地后就失落的定海珠，没想到到了赵公明的手里。"

曹宝说："定海珠对师父有用，就送给师父吧。"燃灯道人行了个礼，感谢曹宝。二人一同回了西岐。

云霄娘娘

封神榜上的感应随世仙姑正神。通天教主的弟子，与琼霄娘娘、碧霄娘娘在三仙岛修行，执掌法宝混元金斗和金蛟剪。

赵公明回到军营，愤怒地大声说道："我今天追赶燃灯，碰上两个道人，他们将我的缚龙索和定海珠都收走了。我自修道以来，全依仗定海珠，现在被无名小卒收去，心里万分难过啊。闻道兄，你先守护军营，贫道去三仙岛走一趟。"

三仙岛的三位娘娘听说赵公明来到，都出洞迎接。云霄娘娘问："大哥到我们这里来有事吗？"

赵公明说："我帮助闻仲征讨西岐，在与阐教门人打斗时，没想到缚龙索和定海珠都被收去。我想借你们的金蛟剪或者混元金斗一用，好打败阐教门人，拿回自己的法宝。"

云霄娘娘说："大哥，妹妹劝你打消了这个念头。当初三位教主讨论封神榜时，我们都在。我们截教门人很多都榜上有名，因此师父才不许我们出门。现在阐教的道友们都犯了杀戒，我们截教本该乐得清闲。武王伐纣是天意，大哥不要再蹚这浑水。等到姜子牙封完神，我们就去灵鹫山向燃灯道人讨回定海珠。"

赵公明说："你们难道不肯把法宝借给我吗？"

云霄娘娘说："不是不想借，只是担心稍有不慎，我们就都会上封神榜。大哥还是听我一句话，回到峨眉山避避风头吧。"

赵公明长叹一声："哎，连自家人都不肯帮我，更别说外人了。"然后生气地走了。

菡芝仙

封神榜上的助风神。截教门人，道场在东海金鳌岛，与金鳌岛十天君、彩云仙子等是同门好友，法宝为风袋。

赵公明刚离开三仙岛，遇见一位道姑脚踏风云而来，原来是菡芝仙。赵公明把自己的遭遇说给菡芝仙听。菡芝仙听说云霄娘娘不肯借法宝，十分生气，带着赵公明重新回岛借宝。

菡芝仙对三位娘娘说："三位姐姐，你们和赵道兄是同胞兄妹，怎么能眼睁睁看着他被外人欺负。连我都要用八卦炉里的宝贝协助赵道兄，你们怎么可以不帮忙？"

云霄娘娘思考了许久，不得已取出金蛟剪交给赵公明，并且嘱咐道："大哥，除非燃灯道人不肯归还定海珠，否则你千万不要使用金蛟剪。"

赵公明点了点头，拿着金蛟剪离开三仙岛。菡芝仙前来相送，说：“赵道兄先行一步，等我炼好了法宝，自会前去帮你破敌。”赵公明作揖表示感谢。

赵公明有了金蛟剪，率领人马来到西岐城下挑战。燃灯道人早已知道对方借来了金蛟剪，告诫其他门人不要迎敌，自己跨上梅花鹿独自来到阵前。

赵公明大喊：“燃灯，你要是把定海珠还给我，以前的事情都可以一笔勾销，否则别怪贫道不讲情面。”

燃灯道人说：“这定海珠日后将是佛门的宝贝，你的左道之术根本无法压制住定海珠，就不要再痴心妄想了。”

赵公明勃然大怒，大喊：“既然你无情，休怪我不客气了！”说完，把金蛟剪抛到空中。

四十八 陆压献计射公明

金蛟剪是两条蛟龙变化成的，采天地灵气，无论神仙还是凡人，一旦中招都会被剪成两半。燃灯道人见势不妙，不得不丢下梅花鹿借水遁逃跑。赵公明见金蛟剪只剪了梅花鹿，怒气并没有消退，叹息着回到军营。

燃灯道人回到芦篷，摇着头说："金蛟剪太厉害了，它落下的时候就像利剑一样，又快又迅猛。可怜我的梅花鹿命丧当场。"

十二上仙和姜子牙见燃灯道人都没了主意，全都不知所措。就在大家无计可施的时候，哪吒上前禀告："师伯，外面有一个道人求见。"燃灯叫哪吒把来人请进来。

燃灯和众人都不认识这个人，燃灯笑着问："道友来自哪座名山？"

道人说："贫道姓陆名压，闲游五湖四海。听说赵公明拿到了金蛟剪，担心他伤害各位道兄，因此特地来会一会他。"

燃灯见他仙风道骨，气势非凡，一定有一番神通，说："感谢道兄专程前来相助。"

第二天，赵公明见一个矮个子的道人从西岐城里走出，好奇地问："你是谁？"陆压报上家门，还大声宣明要除掉赵公明。

赵公明听了勃然大怒："妖道，你竟敢口出狂言，快快受死！"

陆压道人

独立于三教之外的逍遥散人。道术一流，拥有法宝斩仙飞刀和钉头七箭书。

说完，把金蛟剪扔到空中。陆压说了一声“来得好！”变成一道长虹逃脱了。

陆压回到芦篷，众仙都来了解情况。陆压对姜子牙说：“你到岐山建一座营，营内筑台，台上扎一个草人，写上赵公明的名字。草人的头顶和脚下都放一盏灯，一天施法三次，二十一天后，赵公明自会丧命。”

姜子牙奉命在岐山筑台作法。五天后，赵公明坐立不安，魂不守舍。烈焰阵的白天君对闻仲说：“赵道兄这些天精神恍惚，就让他留在营里休息，我们去会阐教的门人。”闻仲怕白天君等人失利，连忙阻拦他们。白天君大声说：“十绝阵到现在还没有一阵成功，我们如果再无所作为，哪有脸面去见师父！”于是不听闻仲的劝告，出营挑战。

燃灯道人还没指派人选，陆压道人就自告奋勇出来迎战。白天君见陆压进了烈焰阵，摇动三面红幡，释放出空中火、地下火和三昧火。陆压被困在大火里两个时辰，竟然安然无恙，还唱起歌来。他掏出一个葫芦，里面射出一道白光，把白天君照得昏迷过去。陆压说："宝贝转身！"只见白光一转，斩下了白天君的头。

落魂阵的姚天君张牙舞爪地上前挑战。燃灯道人派赤精子去破阵。赤精子已经是第三次进入落魂阵。姚天君大声说："赤精子，你屡次三番地来到我落魂阵，这次让你有来无回。"

赤精子说："贫道的太极图上次不小心落在阵里，这次正好取回！"赤精子非常清楚姚天君黑砂的厉害，这次决定先下手为强，用法宝阴阳镜把姚天君照得头晕目眩，然后挥剑杀了他。赤精子成功取回太极图，送回了玄都洞。

闻仲见阐教门人又破了两阵，气得七窍生烟。他找到剩下的张、王两位天君，一起商议对策。两位天君见赵公明精神不振，对闻仲说："赵道兄这几天有些不太对劲，是不是被人暗算了？"

闻仲急忙卜卦，大叫道："不好，赵道兄被术士陆压施了法术，马上就要死于他的钉头七箭书，这可如何是好？"

王天君说："既然如此，我们必须派人去岐山抢了他的法宝。"闻仲急忙派陈九公和姚少司前去。

陆压心血来潮，掐指一算，知道闻仲派人来盗取自己的箭书，让哪吒和杨戬火速到岐山保护姜子牙。

陈九公和姚少司来到岐山，看到姜子牙正在作法，抓起箭书就要离开。哪吒的风火轮比杨戬的马快，先赶到了岐山，向姜子牙发出警报。姜子牙见箭书被盗，大吃一惊，赶忙让哪吒去追。

杨戬骑着马赶往岐山，忽然遇到一阵怪风，猜到是偷箭书的人。杨戬抓起一把草，变出了一模一样的商军大营，自己则变成闻仲的模样。陈九公和姚少司不知道是杨戬施的法术，来到假营地，把箭书交给了假闻仲。杨戬接过箭书，立即现出真身。

陈九公和姚少司见自己被骗，勃然大怒，挥动武器与杨戬打起来。三个人正打得厉害，哪吒追赶上来了。陈、姚二人本来就不是杨戬的对手，更别说还有哪吒帮忙。两个人都被杀死，灵魂飞到封神台。

箭书失而复得，姜子牙十分高兴，把杨戬和哪吒夸奖了一番。

闻仲在军营里等了许久都不见人回来，派辛环去打探情况。没过多久,辛环回来报告两个人已经死在路上。闻仲难过地说:“这下赵道兄没救了。”

赵公明听说两个弟子遇害，大叫道:“罢了，后悔我当初没有听妹妹的劝阻，才落得今天的下场。”然后让人叫来闻仲，说:“闻道兄，我死以后，请你把金蛟剪和我的袍服交给我的妹妹们。”说完，不禁泪如雨下。

闻仲悲愤交加，一掌把桌子拍成两半。红水阵的王天君安慰道:“闻道兄不要难过，贫道为道友们报仇。”

只见商营辕门打开，王天君骑鹿而出，发动了红水阵。阐教门人曹宝主动跳进红水阵挑战，却被王天君葫芦里的红水裹住，顿时化成一摊血水，一道灵魂飞到了封神台。

四十九 武王失陷红砂阵

燃灯见曹宝丧命，悲叹一声，派出道德真君上前破阵。真君跳进红水阵，斥责道："王变，你们助纣为虐，摆下这些恶阵，害死了这么多无辜的人，实在是罪孽深重。"

王天君大怒，又故技重施，倒出葫芦里的红水。道德真君把袖子一抖，变出一瓣莲花。真君踏在莲花上，就像乘坐一只小舟，任凭红水上下翻滚，一点也不受影响。王天君急忙将葫芦扔到真君的头顶，试图把红水浇灌到真君的身上。道德真君念动咒语，头顶变出一朵祥云，像雨伞一样挡住了红水。

王天君见势不妙，抽身逃跑。道德真君取出法宝五火七禽扇，这把宝扇由空中火、石中火、木中火、三昧火和人间火五火合成，又包含画着符印的凤凰、青鸾、大鹏、孔雀、白鹤、鸿鹄和枭鸟七种飞禽的羽翼。真君把宝扇对准王天君一扇，立刻把他烧成了一堆红灰。

闻仲见十位天君只剩下一位，赵公明又危在旦夕，心里万分难过。

到了第二十一天，陆压来到岐山对姜子牙说："赵公明的死期已到。"

姜子牙行礼说："多亏道兄法力无边，否则我们都要被他所害。”

陆压取出一个花篮，从里面拿出一张小巧玲珑的桑枝弓和三支桃木箭交给姜子牙，说：“今天午时，用三支箭射草人。”

午时一到，陆压下令：“先射左眼。”与此同时，赵公明大叫一声，把左眼闭上了。姜子牙又射中草人的右眼和心窝。当三支箭都射完，赵公明立刻气绝身亡。闻仲在商营里放声大哭。

张天君见赵公明死于非命，就摆出红砂阵，连声催促周军应战。燃灯道人说：“要破此阵，必须武王亲自出马。”

姜子牙不解地问：“我家大王不擅长武艺，更不会法术，哪里破得了这么凶险的阵？”

燃灯道人说：“事不宜迟，马上请武王破阵，到时候我自然有破敌的方法。”

武王来到篷下，向众仙行礼，众仙连忙还礼。武王好奇地问：“众位师父喊我前来，不知有何吩咐？”

燃灯道人说：“现在十绝阵已经被我们破了九阵，只剩下这红砂阵，必须由大王亲自破阵。不知道大王敢不敢去？”

武王大义凛然地说：“各位师父为了保护我的子民，不辞辛苦来到西岐，我哪里有不去的道理。”

燃灯大喜，对武王说：“请大王解下衣带，脱去袍服。”武王听从燃灯道人的话，脱去了衣袍。燃灯在武王的前胸后背各画了一道符印，然后又派哪吒和雷震子随同武王一起破阵。

三个人进入红砂阵，全都被张天君打出的红砂击中，陷在阵中不能脱身。燃灯道人望着红砂阵上空的黑气，不紧不慢地说：“列位不要惊慌，武王吉人天相，一百天以后，自然会有人来救他。”

话说申公豹骑着老虎来到三仙岛，把赵公明遇害的事情告知三位娘娘，怂恿她们去西岐找姜子牙报仇。三人听说兄长遇害，都放声痛哭。

云霄娘娘说："师父曾经叮嘱我们不许下山惹事。大哥就是因为没有听从师父的嘱咐，才遭此厄运。"

琼霄娘娘说："姐姐，你这么说实在太无情了！我们姐妹三人就算封神榜上有名，也应该为大哥报仇雪恨。"说完，琼霄乘坐鸿鹄，碧霄骑上花翎鸟，两人一起离开了洞府。云霄担心两个人胡来，

琼霄娘娘

封神榜上的感应随世仙姑正神。截教门人，与姐姐云霄娘娘、碧霄娘娘在三仙岛修行。

碧霄娘娘

封神榜上的感应随世仙姑正神。截教门人，与姐姐云霄娘娘、妹妹琼霄娘娘在三仙岛修行。

只好追上她们。

三个人赶了一段路，遇到了菡芝仙和彩云仙子。上前一问，原来她们也要去西岐帮助闻仲，于是五个人结伴来到闻仲的大营。

彩云仙子

截教门人，兵器是一把不知名的剑，有法宝戮目珠，能伤人眼睛。

闻仲见到三位娘娘，把赵公明遇害的经过和遗言一五一十地说给她们听，又交还了衣物和金蛟剪。三人看到赵公明的袍服，睹物思人，一时泪如雨下。她们来到后营，打开了棺材。琼霄娘娘见赵公明的两眼和心口还在不停流血，悲伤得昏倒在地。碧霄娘娘大怒，说：“我们也把姜子牙抓来，射他三箭！”

云霄劝阻说：“不关姜子牙的事，陆压才是罪魁祸首。我们只要射陆压三箭，就立刻回到三仙岛，不要在这里闹事。”

第二天，五位道姑一起来到西岐城下挑战。陆压听说对方点名要自己出城，就笑呵呵地来到阵前。

琼霄问：“你就是散人陆压？”

陆压回答：“不错，正是贫道。”

琼霄大怒，质问道：“我大哥和你无冤无仇，为什么要用那么残忍的法术杀害他？”

陆压回答：“赵公明逆天行事，助纣为虐，是自取灭亡。我奉劝各位道友不要一时冲动，赶紧回岛躲过劫难。”

云霄本来就不想卷入麻烦，因此没有反驳。琼霄却忍耐不住，大喝一声：“孽障，不要信口雌黄。你射死我大哥，就是该死！”说着，举剑就刺。两个人你来我往大打了十个回合。

碧霄趁两个人打得激烈，偷偷地祭起混元金斗。陆压见状急忙逃跑。无奈这法宝实在厉害，只听得一声响，陆压就被混元金斗捉去，带回闻仲的军营。

碧霄娘娘用符印镇住陆压，把他捆绑在旗杆上，说：“陆压，你射死我大哥，今天让你也尝尝被射的滋味！”说着，叫来五百名手持弓箭的士兵。碧霄一声令下，箭密密麻麻地射向陆压。

可是，奇怪的事情发生了。所有射向陆压的箭，瞬间都变成了粉末。众人见到这样的场面，无不惊讶。碧霄说：“好妖道，竟然敢使用法术，看我的法宝。”说着，祭起了金蛟剪。陆压看到金蛟剪，笑着说：“贫道去也。”化成一道长虹逃跑了。

陆压回到西岐，其他道人纷纷来询问情况。众人听完陆压的叙述，都对他的道术钦佩不已。陆压说：“贫道今天先告辞了，不久再来相会。”

五十 遭遇黄河阵

第二天，五位道姑又出来挑战，云霄见陆压走了，迁怒于姜子牙，说："姜子牙，我们是清闲之士，本不想蹚你们的浑水。今天来找你，是因为你杀死了我大哥。虽然陆压是罪魁祸首，但你也是帮凶。别说你几十年的道行，就是燃灯道人，也不能把我们姐妹怎么样。"说着，就带领其他四人出阵，姜子牙则命令黄天化和杨戬迎敌。

彩云仙子使出法宝戮目珠。戮目珠专门伤人的眼睛，黄天化的眼睛被珠子打伤，翻下玉麒麟，幸好被及时赶到的金吒救起。姜子牙用打神鞭打中了云霄的肩膀，杨戬放出哮天犬咬伤了碧霄。

菡芝仙见势不妙，打开了风袋。只见黑风从风袋里涌出，刹那间天昏地暗，飞沙走石。彩云仙子趁机又用戮目珠打伤了姜子牙的眼睛。姜子牙连忙带领门人撤回芦篷。燃灯道人察看了两人的伤势，取出丹药给他们医治，很快他们的眼睛就好了。

云霄见双方的矛盾已经不可调和，回到营里后用白土画出图样，让闻仲挑选六百个大汉，按照九宫八卦的阵形排列，日日操练演习。

闻仲好奇地问："道友，这是干什么用？"

云霄说："道友有所不知，这叫九曲黄河阵。此阵包藏天地灵气，中间还有惑仙丹和闭仙诀。神仙进入阵中，就会失去法力变成凡人，凡人进入则会魂飞魄散。九曲曲中无直，就是三教圣人也难以逃脱。”闻仲大喜。

等到阵法演练娴熟，云霄喊姜子牙来破阵。

姜子牙带领杨戬和金、木二吒来到阵前。云霄娘娘祭起混元金斗，只见射出一道金光，把杨戬三人全部吸走，扔在了黄河阵里。姜子牙见三位门人被收，心里惊恐，见云霄又要用混元金斗对付自己，急忙展开杏黄旗护住自身，才侥幸逃回城里。

闻仲见红砂阵困着姬发三人，黄河阵又困住杨戬三人，十分高兴，在营中设宴款待众人。

第二天，燃灯道人率领十二上仙来到阵前挑战，三霄娘娘使用混元金斗来战。无奈混元金斗是开天辟地之时就已经存在的法宝，威力实在过于强大，十二上仙全部被它收走，丢进九曲黄河阵，千年道行毁于一旦。只有燃灯道人功力深厚，借土遁化成清风逃脱。

燃灯道人和姜子牙束手无策，决定去请元始天尊帮忙。元始天尊早已得知众仙在九曲黄河阵遇到危险，带着南极仙翁驾临西岐。只见半空中仙乐嘹亮，元始天尊乘坐沉香辇缓缓降落。

云霄看到西岐上空出现五彩祥云，埋怨两个妹妹：“师伯来了！当初我不让你们下山，你们就是不听。现在我们把玉虚门人都陷在黄河阵里，放也不能放，害又不能害，要如何向师伯交代。”

琼霄说：“姐姐说得不对。元始天尊又不是我们的师父，我们只不过是看在师父的面子上才尊敬他。反正阐教门人已经被我们抓了，元始天尊如果不追究，我们就以礼相待。如果他偏袒弟子，我们也就不管什么师伯不师伯了。”

次日，元始天尊带领南极仙翁、燃灯道人和姜子牙来到阵前。三位娘娘看到元始天尊，急忙躬身行礼："师伯，弟子恳请您老人家恕罪。"

元始天尊说："我的弟子们也该遭受一些磨难。只是你们的师父都不敢如此胡作非为，你们几个却为何不守清规，逆天行事？你们先进阵，我随后就到。"

三位娘娘进了阵，站在八卦台上。元始天尊驾着祥云来到阵里，看到十二个弟子横七竖八地躺在地上，不省人事。天尊悲叹一声："只因犯下杀戒，千年道行毁于一旦啊！"说完准备出阵。

彩云仙子见天尊转身，偷偷地打出戮目珠。可珠子还没碰到天尊，就化成灰烬。

元始天尊回到篷下，燃灯道人上前问道："师父，道友们怎么样？"

天尊说："他们的顶上三花都被削去，已经成了凡夫俗子。"

燃灯又问："那师父为什么不把他们救出来？"

天尊笑着说："我虽然是他们的师父，但我上面还有师兄，要经过师兄许可，我才方便营救。"话音刚落，空中传来鹿鸣的声音。天尊急忙站起来，说："我师兄来了，大家快出去迎接。"

一行人来到篷外，只见老子骑着青牛从天而降。元始天尊大笑："为了周家八百年的基业，竟然要师兄大驾光临。"

老子说："不来不行啊。三仙岛的童子摆下了黄河阵伤害阐教门人，不知道师弟进阵观看了吗？"

元始天尊说："看过了，贫道在等待师兄的旨意。"

老子笑着说："你不用等我，破阵去吧。"

三位娘娘看到老子的五色彩光出现在西岐，心里感到十分不

遭遇黄河阵

安。云霄对两个妹妹说："现在连玄都大老爷都来了，我们该怎么办啊！"

碧霄说："姐姐，他又不是我们的师父，不要害怕。"

琼霄说："是啊，只要他敢进阵，就用金蛟剪和混元金斗对付他！"

第二天破阵前，老子嘱咐元始天尊："今天破了黄河阵，要早回洞府，不可以在红尘久留。"元始天尊点头答应。

几个人来到黄河阵前，老子的弟子玄都大法师高喊一声："三仙姑快来接驾！"三位娘娘出阵，却只是立而不拜。

老子说："你们几个小丫头不守清规，见了师伯竟然如此无礼。"

碧霄说："我只拜截教教主，不知道有什么玄都。俗话说，上不尊，下不敬。这都是人之常情。"

玄都大法师大喝："好大胆子，竟然侮辱天颜！快进阵受死！"

老子

阐教掌教大老爷，与元始天尊、通天教主为同门师兄弟，并称三友，道场在八景宫玄都洞。徒弟是玄都大法师，拥有法宝太极图、乾坤图、离地焰光旗、风火蒲团、扁拐等，坐骑为板角青牛，具有一气化三清的分身法术。

五十一 姜子牙劫营

琼霄娘娘见老子进入黄河阵，便放出金蛟剪。金蛟剪在空中变成两条金龙，向老子猛扑过来。老子坐在牛背上，只是把袖子一张，金蛟剪就像一粒沙子落进大海，再没有动静。

碧霄见金蛟剪被收走，就祭起了混元金斗。老子把风火蒲团往空中一丢，呼唤黄巾力士："把混元金斗带上玉虚宫！"

三位娘娘齐声大喊："收我们的法宝，怎能善罢甘休！"

老子抖开乾坤图，命令黄巾力士用乾坤图将云霄收去，压死在麒麟崖下。

琼霄看到大姐被抓，急忙举起宝剑刺向老子。元始天尊把三宝玉如意祭在空中，击碎了琼霄的天灵盖。

碧霄悲愤地大喊："千年的道行竟然毁于一旦，我和你们拼了！"

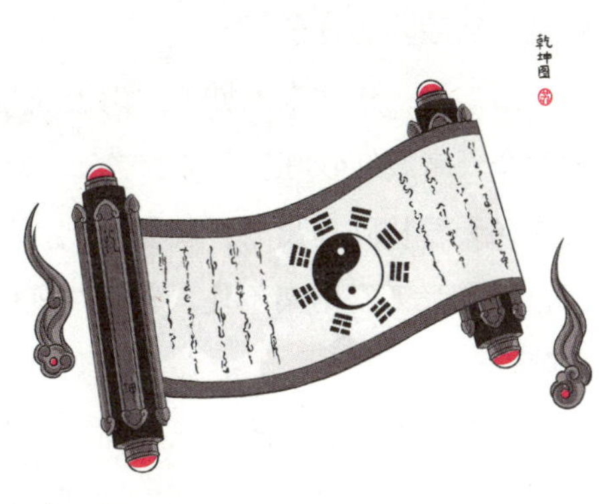

乾坤图

老子的法宝之一，可装乾坤，包裹天地，汇聚天地之力。还可召唤出黄巾力士，将人裹走。

说着一剑刺向元始天尊。

元始天尊从袖子里取出一个小盒子，打开盖子丢到空中。盒子越变越大，把碧霄装在了里面。不一会儿，碧霄就化成了一摊血水。

老子用手一指黄河阵，随着天崩地裂的一声响，阐教门人都惊醒过来。众人看到老子和元始天尊，纷纷倒身下拜。

天尊说："你们进了黄河阵，被削去顶上三花，失去了千年的道行，这都是劫数。为了让你们还能继续辅佐姜子牙，我再赐你们纵地金光法，可以日行数千里。"说完，把众人被混元金斗收走的宝贝都交给原主，自己和老子各自回山。

彩云仙子和菡芝仙见三位娘娘都被杀死，黄河阵也被破解，气得大骂阐教。闻仲心中不安，急忙发出令牌，调三山关的总兵邓九公来援助自己。

姬发被困的第九十九天，姜子牙对燃灯道人说："师兄，明天就是破红砂阵的日子了。"

第二天，众仙来到城下。南极仙翁座下的白鹤童子说："我家师父今天来破红砂阵。"

张天君从阵里出来，骑鹿提剑，气势汹汹地杀向仙翁。几个回合后，张天君招架不住，转身往阵中跑去，把南极仙翁引进红砂阵。

张天君见仙翁入阵，抓起几把红砂打向仙翁。南极仙翁取出五火七翎扇，对准红砂一扇，红砂立即不见踪影。张天君见势不妙，打算逃跑，被白鹤童子用玉如意打中后心，死于阵中。

南极仙翁破了红砂阵，见里面困着三个人，当下发起一道惊雷。哪吒和雷震子惊醒了过来，姬发却已经死了。

姜子牙见武王死去，泪流不止。燃灯道人劝道："子牙不要悲伤，武王该有这百日的灾难。贫道这就救他。"说完，燃灯道人取出一粒丹药，用水化开灌入姬发口中。两个时辰后，姬发睁开了眼睛，众人见到大喜，纷纷感谢燃灯道人。

燃灯道人说："各位道友，如今十绝阵已经全部被破，可以回到各自的洞府了。只留广成子去桃花岭，赤精子去燕山阻拦闻仲，不许他过五关。另外，请慈航道人暂时留在西岐。其他人都可以走了。"

众位道人正准备离去时，云中子来到了西岐。道人们看到云中子，都庆贺说："道友真是有福的人啊，没有进黄河阵，如今还保留着千年的道行。"

云中子说："贫道奉命在绝龙岭炼通天神火柱，因此才没有前来。"

燃灯道人说："道友快回绝龙岭，不要耽误大事！"

云中子离开后，燃灯道人把印剑交给姜子牙，说："贫道去绝龙岭助云中子一臂之力。你马上调兵遣将，和闻仲决战。"

姜子牙立即喊来众位将领，传令说："明日与闻太师一决雌雄！"

闻仲正在营中与彩云仙子和菡芝仙商量对策，听到周营炮响，杀声震天。闻仲大怒，跨上墨麒麟，带着两位女仙和四个弟子杀出军营。

姜子牙看到闻仲，说："闻太师，你征战西岐已经三年多了，今天我与你决一雌雄！"说完，命令武吉斩了赵天君。

闻仲大叫一声，提鞭挥向姜子牙。黄天化催开玉麒麟，举起双锤挡住闻仲。杨戬与菡芝仙、哪吒与彩云仙子各自交上了手。

黄飞虎、南宫适、武吉、辛甲则分别对抗邓忠、辛环、张节、陶荣。

菡芝仙抖开自己的风袋，顿时一阵黑风卷起。却不知慈航道人早已经做好准备，刚一取出定风珠，黑风就立即停止了。姜子牙连忙举起打神鞭，正中菡芝仙的头顶，只见一道灵魂当即投往了封神台。

彩云仙子见菡芝仙被打死，一不小心走神，自己被哪吒一枪刺死。张节也死于黄飞虎的枪下。闻仲见又损失三人，无心恋战，带着邓忠三人逃回军营。

此战得胜归来，慈航道人便辞别众人回山。用过午饭，姜子牙开始排兵布阵，安排门人和众将劫营：黄天化、哪吒、雷震子三路正面进攻，黄飞虎和南宫适左右夹击，金吒、木吒、龙须虎冲撞辕门，杨戬负责烧毁闻仲的粮草，然后去绝龙岭支援。众人领命而去。

闻仲见西岐城里透出一股杀气，知道姜子牙要劫营，马上安排手下众将做好迎敌准备。

当天夜晚，姜子牙带着大军围攻闻仲的军营。龙须虎接连抛出大石，把闻仲的士兵砸得招架不住，很多人都受了伤。

火光把军营里照得像白天一样明亮。混战中，陶荣被黄天祥刺死。殷商的士兵不是投降就是逃跑。闻仲见自己大势已去，只好在辛环和邓忠的保护下逃往岐山。

闻仲到了岐山，清点人数，发现自己只剩下三万士兵。他带领残兵败将向佳梦关逃去。人马路过桃花岭时，看到广成子正在路上等着自己。

闻仲问：“广成子，你在这里干什么？”

广成子回答：“贫道在这里等候多时了。你逆天行事，助纣为虐，已经无路可退。我在这里也不会为难你们，只是不许你经过而已。”

闻仲大怒：“广成子，你不要欺人太甚！”说着，提鞭就打。

广成子急忙挥剑来接。三五回合之后，广成子不敌闻仲，取出番天印祭到空中。闻仲知道番天印的厉害，立即命令众人掉转马头，向燕山逃窜。

闻仲的人马白天逃跑，夜晚休息，一天后来到燕山。闻仲刚要休息，就看到赤精子走下山来。

闻仲大惊，生气地问：“赤精子，你难道也是来阻止我的吗？”

赤精子说：“不错，我奉命在这里堵截你们，识相的快点返回。”

闻仲气得暴跳如雷，大骂：“赤精子，你们阐教何苦这么欺负我截教。我虽然兵败，但就是拼死也不会善罢甘休！”

赤精子也不回答，从袖子里取出了阴阳镜。闻仲一见阴阳镜，急忙催开墨麒麟原路返回。

五十二 闻仲归天

辛环对闻仲说："太师，既然两条路都行不通，不如返回黄花山，过青龙关回朝歌。"

闻仲说："我可以借五行遁术逃回朝歌，但现在手下还有这些跟随我的士兵，怎能丢下他们独自逃命。"他思前想后，只好带着残兵向青龙关行进。

大军行走了半天，闻仲命令安营扎寨。谁知话音刚落，哪吒脚踏风火轮挺枪刺来。

闻仲大骂："姜子牙欺我太甚，竟然安排你这样的小辈来阻截，简直藐视本太师！"说完，和邓忠等人围战哪吒。哪吒毫不畏怯，反而越战越勇，一枪把邓忠挑落马下。闻仲无心恋战，夺路而逃。

哪吒也不追赶，截住士兵说："愿意投降的可以免除一死。"士兵们连忙齐声回答："愿意归降明主！"哪吒便带领降兵凯旋。

闻仲带着不到一万人一路逃跑，夜晚来到了一处僻静的地方。商军刚打算休息，黄天化又带领一群周兵从树林里杀出。

黄天化大喊："我奉姜丞相命令，在此等候你多时了。你现在还不下马投降，更待何时！"

闻仲大骂："你这逆贼，还敢口出狂言！"于是和辛环一起围攻黄天化。黄天化使出攒心钉，打中了辛环的肉翅。闻仲见辛环受伤，只好组织残兵撤退。

闻仲接连作战失利，心里又羞又愧。他带领队伍慢慢前行，来到一座山下，猛然间听见山上响声大振。闻仲仔细观看，原来是姬发和姜子牙在饮酒。

姜子牙高兴地对姬发说：“大王，山下就是闻太师的败兵。”

闻仲大怒，提鞭就要找姜子牙报仇。可是，他走到一半，发现两个人没有了踪影。闻仲气得咬牙切齿。忽然山下一声炮响，听起来有大军围攻，还大喊：“别放跑了闻太师！”闻仲大怒，带人向山下赶来。可来到山脚，发现那里根本没有人。

这时，山顶上又传来了姬发和姜子牙的说笑声：“闻太师今天吃了败仗，多年丰功伟绩毁于一旦啊，他还有什么脸面回朝歌！”

闻仲大骂：“姬发匹夫，竟然如此侮辱我！”他怒气冲冲地再次上山，没想到雷震子突然飞出来。闻仲大叫一声“不好！”，将身体一闪，结果雷震子的金棍正好打在墨麒麟的后胯上，把墨麒麟打倒在地！辛环刚要来战雷震子，被杨戬放出的哮天犬咬中小腿。雷震子又一棍打中了辛环的头。

闻仲没了坐骑，又失去了帮手，不禁黯然神伤。他垂头丧气地带领几千残兵向五关赶去。半路上，闻仲的队伍经过一户人家。饥肠辘辘的闻仲派士兵上前敲门，打算讨些饭充饥。一个年迈的老人开了门，士兵上前说明情况。老人听说是闻太师的兵马，急忙请闻仲到家中安歇，又拿出食物招待士兵们。

第二天，闻仲向老人辞行，说：“敢问老人家姓什么？以后我好派人来报答您。”老人说：“小民姓李，名吉。”闻仲让人记下后，辞别了老人。

闻仲带领残兵向青龙关赶去，走着走着，所有的人都迷了路。

这时，林中响起了“当当”的伐木声，一个樵夫正在那里砍树。士兵上前打探：“大哥，我们是闻太师的士兵，现在要赶往青龙关，请问走哪条路比较近？”

樵夫用手一指，说：“往西南走不到十五里，经过白鹤墩，那就是通往青龙关的大路。”士兵谢过樵夫，回来报告闻仲。于是闻仲命令队伍向西南方向行进。他哪里知道，这个樵夫其实是杨戬变化的，他指的正是绝龙岭的方向。

闻仲带领士兵走了二十里，到了绝龙岭。闻仲见山势险峻，心里疑惑起来。他猛然抬头，看到了一个道人，再仔细一看，认出此人是云中子，便问道：“道兄在这里做什么？”

云中子说：“贫道奉燃灯道人的命令，在此地恭候闻道兄多时了。”

闻仲仰天大笑：“云中子，你未免太小看人了，大家都是学道之人，你恐怕降伏不了我。”

云中子说：“你敢进来吗？”说着，他用手发雷，八根火柱按照八卦方位乾、坎、艮、震、巽、离、坤、兑从平地升起。

闻仲笑着来到正中央，说：“凭这八根柱子休想困住我！”

云中子念动咒语，只见每根柱子都有四十九条火龙上下飞腾。

闻仲念动避火诀，一点儿都没有受伤。他在火里大喊：“云中子，你的道术不过如此，我去也！”说着，向上一跃，打算驾光逃走。

却不知云中子事先把燃灯道人交给他的紫金钵盂倒扣在了柱子上方，闻仲刚往上一冲就被撞落下来。只见云中子在外面发雷，四周响起霹雳声，大火转眼间烧死了闻仲。可怜闻仲为国捐躯，灵魂飞到了封神台。

申公豹听说闻仲在绝龙岭遇害，对姜子牙更是恨得咬牙切齿。

他决定继续找帮手对付姜子牙，为闻仲报仇。

一天，申公豹骑着老虎路过夹龙山，看到一个身高不过四尺、面如土色的矮小童子在玩耍。

申公豹停下来，上前问道："你是谁家的童子？"

小童见是个骑着老虎的道人，知道对方懂法术，上前施礼说："弟子叫土行孙，是惧留孙的徒弟。请问老师是谁？"

申公豹说："我是阐教的申公豹。你学艺多少年了？"

土行孙回答："原来是师叔啊。弟子已经学艺一百年了。"

申公豹摇着头说："我看你难以成仙，只能修个人间富贵。"

土行孙问："师叔，什么是人间富贵？"

申公豹回答："就是加官晋爵，封妻荫子。"

土行孙又问："师叔，那弟子该怎么做呢？"

申公豹说："这样吧，我帮你写一封推荐信。你拿着信去找三山关的邓九公，就可以享受人间富贵了。你都擅长什么法术呢？"

土行孙回答："弟子能地行千里。"

申公豹表示惊讶："你展示一下给我看。"

只见土行孙把身体一扭，立即不见了踪影。突然土行孙又从土里钻了出来。申公豹大喜，说："你师父有捆仙绳，你偷偷地拿出两根，可助你成就一番大事业！"

于是，土行孙偷走了师父的捆仙绳和五壶丹药，赶往三山关。

土行孙

封神榜上的土府星，属于土地公之神。他是玉虚十二仙之中惧留孙的弟子，在夹龙山飞云洞修行，以铁棍为兵器，擅长地行术（遁地术）。起初受申公豹的哄骗，协助邓九公征讨西岐，后投靠武王。

五十三 邓九公西征

闻仲身亡的消息传到朝歌，引起朝野震动。纣王万万没有想到，闻仲竟然会死在姜子牙的手里。他急忙问文武百官：“如今太师为国捐躯，哪位爱卿愿意率兵讨伐西岐，为太师报仇雪恨？”

上大夫金胜上前说：“征讨西岐，非三山关总兵邓九公不可。”纣王大喜，立即传旨，派邓九公发兵征讨西岐。

邓九公接到纣王的旨意，立即调兵遣将，准备出征。这时，士兵上前禀告：“外面有一个身材短小的道人求见。”邓九公命士兵将那人带进来。

土行孙走进帅府，把申公豹的推荐信交给邓九公。邓九公对土行孙的第一印象非常不好，他看完信，暗自琢磨：“我如果不留这个人，申道友一定会责怪我；如果留他，我又实在是不喜欢他。”

思考了许久，邓九公才勉强给土行孙安排了一个督粮官的职位。然后，命令太鸾为正先锋，自己的儿子邓秀为副先锋，赵升和孙焰红为救应使，女儿邓婵玉陪伴自己左右，率领大军向西岐出发。

一个月后，大军来到西岐。

西岐自从大破闻仲，天下诸侯纷纷臣服。姜子牙听说邓九公来征讨，问黄飞虎：“邓九公这个人怎么样？”

黄飞虎回答："邓九公是个将才。"

姜子牙笑着说："将才容易解决，左道就难对付了。"

邓九公整顿好军马后，命令太鸾打头阵。姜子牙派出南宫适迎敌。

太鸾是一员勇将，他身跨一匹乌骓马，提着一柄大刀冲了过来。两个人大战了三十回合后，太鸾一刀把南宫适的护肩甲削去一半。南宫适敌不过太鸾，掉头就跑。太鸾趁机带领士兵赶杀周兵，旗开得胜，回营后得到邓九公的褒奖。

第二天，两军对垒。邓九公见周军纪律严明，阵形整齐，不由得赞叹姜子牙的用兵之道。

邓九公对姜子牙说："姜子牙，姬发是殷商的叛臣，你是昆仑山的修道之士，为什么要为虎作伥？你们恃强叛国，大败纲常。现在国君震怒，兴师问罪。你如今弃械投降，还可以使西岐百姓免遭生灵涂炭。如果不听我良言相劝，你将落得一个身死城灭的下场！"

姜子牙笑着说："邓将军，你真是痴人说梦。如今天下归周，人心所向。你带着二十万人马就打算攻克西岐，无异于以卵击石。不如听我的愚见，火速退兵，报告纣王西周并没有谋反的意图，两国相安无事，何乐而不为呢？如果你执迷不悟，恐怕要重蹈闻太师覆辙，到时候后悔就晚了！"

邓九公大怒，对手下将士说："姜子牙只不过是一个卖面编篱的草民，竟然敢触犯天朝大官，不杀这个老匹夫，实在难以消除我心头之恨！"说完，催马舞刀，直奔姜子牙。

一旁的黄飞虎跨上五色神牛出阵迎敌。两个人武艺娴熟，棋逢对手，杀得难解难分。

哪吒见黄飞虎拿不下邓九公，心里着急，忍不住摇枪助阵。邓九公的长子邓秀挡住哪吒。之后，西岐阵里冲出黄天化、黄天禄、太颠、武吉，殷商阵里杀出太鸾、赵升、孙焰红。

哪吒暗中取出乾坤圈，砸中邓九公的左臂，差点把邓九公打下马来。赵升口中喷火，烧伤了太颠。两家混战一场，各有胜负，不久都罢兵回营。

邓婵玉

封神榜上的六合星君。邓九公之女，土行孙的妻子，年轻貌美，性格刚烈，有情有义，擅长双刀，还善使五光石。在渑池之战中，她被商朝女将高兰英（张奎之妻）杀死。

邓婵玉看到父亲受伤，心里难过。第二天，她披挂上马，到西岐城下挑战。

姜子牙听说对方是一员女将，犹豫了许久。黄飞虎好奇地问："丞相，之前大战无数，也很少见你这么担心，究竟是怎么回事？"

姜子牙说："用兵有三忌：道人，头陀，妇女。这三种人不是靠武艺，而是凭借法术。我唯恐将士们被此女的法术伤害。"

此时哪吒站出来说："弟子愿意前往。"姜子牙想了想，点头同意，但一再叮嘱哪吒要提高警惕。

哪吒脚踏风火轮出城来，只见对面一个容貌秀美的年轻女子策马前来。他大喝一声："女将不要嚣张！"

邓婵玉问："来将报上姓名。"

哪吒回答："我是姜丞相麾下哪吒。你一个妇道人家，不安分守己待在家中，到两军阵前耀武扬威，实在不成体统，不知廉耻。快点回营，另外换一名男将来战。"

邓婵玉大怒："原来你就是伤害我父亲的仇人，吃我一刀！"

两个人打了不到十个回合，邓婵玉心想："我应该先下手为强。"于是，拨马就走。哪吒不知是计，在后面紧追不放。眼看着快追上了，邓婵玉暗自取出五光石，回手一下，正中哪吒的面颊，把哪吒打得鼻青脸肿，狼狈地败退了。

姜子牙见哪吒脸上有伤，询问原因。哪吒说："弟子和女将邓婵玉刚打了几个回合，她就转身逃跑。弟子本打算捉住她立功，哪知道她突然扔出一块飞石，因此才受了伤。"

黄天化取笑道："为将之道，就是要眼观四路，耳听八方。你竟然连一块石头都躲不过，真是给我们阐教丢人。"一番话把哪吒说得面红耳赤。

第二天，邓婵玉又出来挑战。黄天化跨上玉麒麟出城迎战。两个人打了几个回合，邓婵玉又扭头就跑，还说："你敢来追我吗？"黄天化心想："我要是不追，一定会被哪吒笑话。"于是催开玉麒麟紧紧追赶。邓婵玉见黄天化跟来，故技重演，扔出五光石，打中了黄天化。

黄天化回营后，哪吒见他脸上的伤比自己的还重，嘲讽道："为将之道，就要眼观四路，耳听八方。你被女将的石头打断鼻骨，一百年都是晦气，真是给我们阐教丢人。"

黄天化大怒："我昨天只是无心说说，你怎么这么小气，一定要反过来嘲讽我！”两个人互不相让，争吵起来。姜子牙生气地喝退他们。

第三天，邓婵玉接着挑战。姜子牙看了看左右，问：“今天谁去走一遭？”

杨戬对龙须虎说：“这个女将擅长飞石打人，师兄可以去迎战，我给你助阵。”于是，两个人出城迎敌。

邓婵玉看到龙须虎模样古怪，吓得魂不附体，问：“你是个什么东西？”

龙须虎大叫：“我是姜丞相门徒龙须虎。奉我师父之命，特来擒你！”说完，两手扔出磨盘大小的石头，打得四处尘土飞扬，发出轰隆的声响。

邓婵玉见龙须虎的飞石厉害，决定暂时撤退，骑马往回走。龙须虎立即赶了上来。邓婵玉见了，一个反手扔出了五光石。龙须虎早有准备，低头一躲，谁知他的脖颈太长，被飞石打中脖子窝。邓婵玉又扔出一颗石头，龙须虎只有一只脚，一下子站立不稳，被打倒在地。邓婵玉举起刀，就要来取龙须虎的首级。

邓九公

封神榜上的青龙星君。曾是成汤三山关的总兵守将，后来与儿子邓秀、女儿邓婵玉一起归周。在攻打青龙关时被哈将军陈奇擒获，最后被斩杀。

五十四 土行孙立功

紧急关头，杨戬大喊："有我在此，不可伤害我师兄！"说着两个人打在一起。邓婵玉一连飞出数块五光石，把杨戬的脸打得火星迸出。她哪里知道杨戬会七十二变，打中的都是杨戬的化身。杨戬祭起哮天犬，咬伤了邓婵玉。

邓九公父女在营中疗伤，日夜煎熬。恰好在这个时候，督粮官土行孙来到。他听说邓九公父女受伤，取出从师父那里偷来的金丹，让他们服下。两人吃了金丹，伤势立即痊愈。

邓九公大喜，在营中设宴款待土行孙。土行孙在酒席上听说邓九公正为战事发愁，笑着说："元帅如果早点用我，现在早已拿下西岐。"

邓九公心想："这个小矮人想必有些本事，否则申公豹也不会向我推荐他。"于是，任命土行孙为先行官。

第二天，土行孙来到城下挑战。哪吒问道："你是什么人？"

土行孙回答："我是邓元帅麾下的新任先行官土行孙。今天特来捉你！"

哪吒见土行孙身材矮小，根本没有把他放在眼里。哪吒挺枪刺去，土行孙灵活地来回蹦跳，没过多久就把哪吒累得汗流浃背。

两个人打了一会儿，土行孙说："哪吒，你高我矮，这样你不好出手，我也不好发功。不如你从风火轮上下来，咱们再比个

土行孙立功

高低！”

哪吒认为土行孙在找死，想都没想就跳下了风火轮。只见土行孙在地上钻来钻去，用棍子把哪吒打得遍体鳞伤。哪吒急了，要用乾坤圈对付土行孙，不料土行孙祭起了捆仙绳。只听一声响，哪吒已经被土行孙捉回了辕门。

邓九公见土行孙捉了哪吒，心中大喜，夸奖他本领高强。

姜子牙听说哪吒被擒，大吃一惊，知道邓九公得到了一个法力高超的帮手。

次日，黄天化迎战土行孙，几个回合后，也被捆仙绳捉住。

邓九公见土行孙连立两功，吩咐部下摆酒宴庆贺。土行孙酒后失言，吹牛说：“元帅如果早用末将，现在姜子牙和武王恐怕都要押送到朝歌了。”

邓九公喝了些酒，一时心血来潮，许诺道：“将军如果能早日攻破西岐，本帅愿意招你为婿。”土行孙一听，顿时心花怒放，当晚兴奋得一夜没睡。

到了第二天早上，姜子牙亲自带领众将出城迎敌。土行孙看见姜子牙，大喊道：“姜子牙，你快点投降，免得本将军动手。”周营将士看见土行孙如此矮小，纷纷大笑起来。

土行孙见众人耻笑自己，不由得大怒，祭起捆仙绳，把姜子牙牢牢捆住。好在西岐众将及时营救，把姜子牙抢回城里。在场只有杨戬心细，认出了土行孙所用的法宝捆仙绳。

众人打算用利刃割断捆仙绳，哪知道绳子不仅没有割断，反而将姜子牙捆得越来越紧。在大家不知所措的时候，白鹤童子来到西岐，对姜子牙说：“师叔，弟子奉命来解开此绳。”说完，把符印贴在绳头，绳子立刻脱落。

杨戬对姜子牙说："师叔，如果我没猜错，这应该是惧留孙师伯的捆仙绳。"但姜子牙不相信惧留孙会让人来害自己。

第二天，杨戬自告奋勇，迎战土行孙。

两个人枪棒相交，来来去去打了十个回合。土行孙又抛出捆仙绳，捉住了杨戬。

土行孙命令士兵把杨戬抬回军营。刚到辕门，"当"的一声，杨戬落到地上。众人仔细一看，发现竟是一块石头。

土行孙正在疑惑，杨戬大喝一声："好匹夫，敢用此术来对付我！"说罢，祭起哮天犬。土行孙将身子一扭，立刻不见了。杨戬大吃一惊，心想："殷商营里有这样的奇人，我们恐怕难以取胜。"

杨戬回到城里，对姜子牙说："师叔，我们遇到了一个强敌。这个土行孙会地行之术，我们一定要防备他偷偷地潜入城里。弟子今天被他捉住，仔细察看了一番，可以确定那件法宝是捆仙绳。我这就去夹龙山找惧留孙师伯问个清楚。"

姜子牙说："你先不要去，留在城里防备土行孙才是最要紧的。"

土行孙回到军营，暗自思考："我不如今晚进城杀了姬发和姜子牙，好早点和邓婵玉小姐成亲。"打定主意后，他决定天一黑就动手。

姜子牙正在思考对付土行孙的计策，忽然一阵怪风刮来。他掐指一算，知道土行孙今晚要进城行刺。他急忙入宫，对武王说："老臣今天训练众将演练《六韬》①，请大王检阅。"

姬发不明真相，夸奖道："相父如此辛劳，我不胜感激。只期

①《六韬》：又称《太公兵法》，是我国古代的著名兵书。相传是姜子牙所著。

盼天下早日太平，与相父共享安康。”

姜子牙连忙命令侍从安排宴席，与武王一起谈论国事，借此隐藏土行孙行刺的事情。

天黑后，土行孙进入了西岐城。他先来到姜子牙的相府，发现内外都戒备森严。土行孙在那里等了一会儿，心里很着急。

姜子牙把杨戬叫到身边，轻声吩咐了几句。

土行孙等了许久，见没有机会，决定先入宫行刺武王，回过头来再对姜子牙下手。他来到王宫，听见武王和嫔妃在奏乐饮宴，心中大喜。过了一会儿，只听武王说："今天到此为止，我要回寝宫安歇了。"土行孙借地行术跟随武王来到寝宫，没过多久就听见了打鼾的声音。

土行孙钻出地面，一刀割下了武王的头。他刚要离开，忽然闻到了嫔妃身上的香气，一时色心大起，就要非礼嫔妃。土行孙刚要搂住那女子，却被对方反手一抱。不承想那女子力大无穷，土行孙被压得气都喘不上来了，连声喊："美人，稍微放松一些。"

只听女子大喝一声："大胆匹夫，把我当成什么人了！"土行孙仔细一看，才知道女子是杨戬变的。

土行孙就这样被杨戬抓住了。杨戬担心土行孙钻进地里消失不见，只好用胳膊夹住，把他带到大殿上。

姜子牙见土行孙被擒住，心中大喜，命令立即将他斩首。杨戬说："师叔，此人会地行术，只要遇到土地就会逃跑。"姜子牙便命令杨戬亲自动手。

杨戬领命，把土行孙带到府外。就在杨戬换手取刀时，土行孙迅速钻进了土里。杨戬懊悔不已，只得回来把情况报告给姜子牙，决定去夹龙山找惧留孙问个清楚。

杨戬借土遁术前往夹龙山，半路上看见了一座仙气缭绕的大山。

杨戬停下法术，来到山上四处打量。正在这时，一位道姑在八位女童的簇拥下从树林里走出来。

杨戬见了，连忙上前施礼，说："道友，弟子是玉泉山金霞洞玉鼎真人的徒弟杨戬，奉姜子牙之命去夹龙山找惧留孙，不小心误落到此处，万望恕罪。"

道姑说："我是昊天上帝和瑶池金母的女儿龙吉公主。因为在蟠桃会上犯了错误，被贬到此处。你找惧留孙有什么事？"

杨戬回答："有一个叫土行孙的道人用捆仙绳捉了好几个阐教门人，所以我来找惧留孙问个究竟。"

龙吉公主说："土行孙是惧留孙的徒弟。你找到惧留孙，问题就可以解决。"杨戬谢恩，辞别了龙吉公主。

杨戬驾着土遁，忽然遇到狂风。一个口似血盆、牙如利剑的怪物截住杨戬。杨戬念动五雷诀，用霹雳镇住妖怪。妖怪见势不妙，钻进了一个深不见底的石穴。杨戬哈哈大笑："换成别人可能不敢进，但这雕虫小技可难不倒我！"说着，也跟着钻了进去。

石穴里漆黑一片，杨戬借三昧火眼观看四周的情况。只见洞穴的尽头立着一口闪闪发光的三尖两刃刀，旁边还放着一个包裹。

杨戬上前打开包裹，发现里面是一件淡黄色的衣袍，他穿在身上正好合身。杨戬刚要离开，听见身后有人大喊：“拿住偷衣服的贼！”他回头一看，只见是两个童子在喊叫。

杨戬问：“谁是偷衣服的贼？”

童子嚷道：“就是你！”

杨戬说：“你们这对孽障，我是玉鼎真人门下的杨戬。我修道多年，怎么会是偷衣服的贼？”

两个童子一听，倒身下拜：“不知道老师来到，有失远迎。”

杨戬好奇地问：“你们是什么人？”

童子们回答：“我们是武夷山的金毛童子，愿意拜您为师！”

杨戬高兴地说：“好，我到夹龙山还有事情要办。你们先去西岐见我师叔姜子牙。”

金毛童子说：“如果姜丞相不接受我们怎么办？”

杨戬把自己的枪交给他们，说：“他见了枪，就会相信你们。”两个童子接过枪，欢天喜地地借水遁赶去西岐。

杨戬驾起土遁继续前往夹龙山。一见到惧留孙，他急忙问：“师伯，你是否丢

惧留孙

元始天尊的弟子，昆仑十二仙之一，道场在夹龙山飞云洞。徒弟为土行孙，法宝有捆仙绳等。

了捆仙绳？”

惧留孙找了半天，发现捆仙绳真的不见了，惊讶地问：“你是怎么知道的？”

杨戬说：“最近有个叫土行孙的人帮助邓九公对付我们，他用捆仙绳抓走了哪吒和黄天化。”

惧留孙大骂：“这个畜生，竟然偷走我的宝贝，背着我私自下山。杨戬，你先回西岐，我随后就到。”

惧留孙叮嘱童子看守洞门，自己驾起纵地金光法来到西岐。

姜子牙看到惧留孙，埋怨道：“师兄，你的高徒实在害我们不浅啊！”

惧留孙苦笑着说：“贫道自从破了十绝阵，一直没有检查法宝。不知道被不肖弟子偷走，来到西岐与你为敌。”接着，把对付土行孙的方法说给姜子牙。姜子牙听完大喜。

第二天，姜子牙独自一人骑着四不像来到商军的辕门外面。土行孙听说之后，立即跑出来，大喊道：“姜尚！你私探军营，简直自寻死路，拿命来！”

姜子牙和土行孙打了三个回合，转身就跑。土行孙紧追不放，同时祭起了捆仙绳。他哪里知道惧留孙正驾着纵地金光法隐藏在空中，暗中收走了法宝。土行孙发现捆仙绳被收走，才意识到事情不妙，立刻停止追赶。

这时惧留孙现身，大喝一声：“土行孙，哪里走！”土行孙见是师父，心里害怕，急忙往土里钻。惧留孙用手一指地面，土地立刻变得比钢铁还硬。惧留孙上前一把抓住土行孙，用捆仙绳把他的手脚绑在一起，带回西岐。

惧留孙大怒，呵斥土行孙：“你这畜生，是受谁唆使，偷走我的法宝？”

土行孙回答："弟子那天闲来无事，在洞前玩耍，遇到一个叫申公豹的道人。他说弟子难以成仙，建议我下山享受人间的荣华富贵。申公豹还写了封信，让我投奔邓九公。我见他也是阐教门人，一时脑热，相信了他的话。"

姜子牙大怒："道兄，就这样坏了我教规矩的门人，应该斩首示众。"

惧留孙护徒心切，劝阻道："土行孙按罪当斩。但是，留下他日后可以助西岐一臂之力。"

姜子牙说："道兄，不是我不讲情面。土行孙利用地行术行刺武王和我，实在可恶！"

惧留孙大吃一惊，生气地说："此事当真？"

土行孙低着头说："邓九公答应弟子，只要我破了西岐，就把他的女儿许配给我。弟子因此铸成大错！"

惧留孙转过头来，对姜子牙说："子牙，我刚才卜算了一卦，此女果然和土行孙有缘。我们应该成全美事，劝邓九公降周。"

姜子牙说："道兄，我和邓九公是敌人，恐怕难以劝他归顺。"

惧留孙看了看土行孙，想到了一条妙计，对姜子牙说："子牙，你挑选一个能言善辩的人，到邓九公的军营去说成这门亲事，就能招降邓九公。"

姜子牙说："那必须请大夫散宜生出马才行。"于是，让人释放了土行孙，再把破敌的方法说给散宜生听。散宜生领命出城。

龙吉公主

封神榜上的红鸾星。她是昊天上帝之女，瑶池金母所生，因为在蟠桃会上失了礼数，被贬在凤凰山青鸾斗阙。后来下山助武王伐纣，与截教门人洪锦成就一段姻缘，在攻打万仙阵时被金灵圣母所杀。

五十六 邓九公降周

邓九公听说西周散宜生求见，知道他是来游说自己的，下令阻止他进军营。散宜生口才出众，最终还是说动了邓九公见自己。

邓九公面无表情地说："大夫，你我各为其主，现在两军对战，双方还没有分出胜负。你如果想游说本帅，还是免开尊口，我是不会被你说动的。"

散宜生笑着说："元帅，我不是来游说你的。今天到此，只是为了一件要事。"

邓九公好奇地问："哦，是什么要事？"

散宜生说："我军昨天擒获了一员将领，姜丞相本打算杀了他。可一盘问，发现他竟然是元帅的女婿。姜丞相不忍心对他处刑，觉得应该先和元帅打个招呼，所以特意派我前来。"

邓九公大惊："我的女婿！此人是谁？"

散宜生说："土行孙。"

邓九公不禁大怒，生气地说："你们弄错了。我只有一个独生爱女，视为掌上明珠，怎会轻易许配他人，更何况是土行孙那样的人！"

散宜生说："元帅说错了。土行孙是惧留孙的高徒，受申公豹挑拨才来帮你征西岐。昨天惧留孙已经降伏土行孙。姜丞相本要杀土行孙，但惧留孙说土行孙与元帅的千金有一段姻缘，因此派我前来说媒，成全这段姻缘。”

邓九公说：“那都是我酒后失言，不能当真！”

散宜生笑着说：“元帅，现在西岐上上下下都知道土行孙是您的女婿。这时候可不是一句‘酒后失言’就能解决的。元帅如果矢口否认，恐怕会失信于天下。”

邓九公被散宜生一番话说得面红耳赤，无计可施。太鸾走到邓九公身边，两个人窃窃私语。过了一会儿，邓九公说：“散大夫，这件事我还没有和小女商量。她从小没了母亲，娇生惯养，我要好好劝她。请散大夫先回城里，等我的消息。”

散宜生于是回城向姜子牙复命。姜子牙大笑：“邓九公的计策怎能瞒得住我。”

商军营中，太鸾对邓九公说：“元帅，我们可以将计就计，让姜子牙亲自带着聘礼来到我方军营。我们提前安排好刀斧手等着，姜子牙一到，立即把他砍成肉泥。西岐没了姜子牙，就会不攻自破。”邓九公大喜，派太鸾去西岐说动姜子牙。

姜子牙听说太鸾求见，立即让人请入。太鸾说明了来由，又说邓九公提出一个条件，那就是为了表明诚意，请姜子牙和散宜生亲自带着土行孙前去下聘礼。姜子牙一口应承了下来。太鸾走后，姜子牙笑着对惧留孙说：“此事成了！”

姜子牙选好一个良辰吉日，备上重礼，准备前往商营。临行前，他让杨戬变化成飞虫跟随自己，又挑选五十名强壮的士兵扮成脚夫，其他人各自带领士兵从两翼包围。准备妥当后，他对土行孙说：“你只要听到我的炮声，立即到后营把邓婵玉抢回西岐。”

周营里，邓九公让邓婵玉把铠甲穿在里面，配合自己捉拿姜子牙。又安排三百名士兵暗藏利刃埋伏在营帐外，听到自己摔碎杯子，一起冲入军营砍杀姜子牙。

邓九公看到姜子牙只带着几十个人跟随，心中大喜，恭敬地上前迎接："姜丞相大驾光临，在下有失远迎，还望您谅解。"

姜子牙连忙回礼："承蒙元帅大德，今天成全美事。"说完，把惧留孙介绍给邓九公。

几个人说说笑笑地进了军帐。姜子牙见军帐里杀气腾腾，已经心中有数，偷偷地和土行孙等人递了个眼色。

众人分宾主落座后，姜子牙命令左右抬上礼品。邓九公接过礼单观看，辛甲趁机点燃了藏在礼盒里的大炮。伴随着一声炮响，西岐的将士取出暗藏的兵器杀向商军。邓九公大吃一惊，和太鸾等人仓皇逃窜。两侧包抄的西岐将士冲了出来，与邓九公的士兵混战在一起，土行孙趁乱跑到后营去抢邓婵玉。

土行孙知道邓婵玉会飞石打人，因此提前祭起捆仙绳捆了邓婵玉，把她扛回西岐。

西岐将士把邓九公的人马追赶了五十多里才鸣金收兵。邓九公见女儿被抓，自己又损兵折将，心里懊恼不已。

姜子牙大获全胜，在府里设宴庆贺。在他和惧留孙的主持下，土行孙与邓婵玉结为夫妇。邓婵玉起初并不愿意，在土行孙再三劝说下，才回心转意。

第二天，邓婵玉找到姜子牙，说："姜丞相，我现在是土行孙的妻子，就是西周的人。但我父亲如今还在为纣王效力，我想劝说父亲归周，不知道您意下如何？"姜子牙正有此意，当即同意邓婵玉去劝降。

邓九公听说女儿已经被强迫成婚，大吃一惊。他自知当下境况，如果还留在商朝，免不了被治罪处死，但是入西岐又拉不下面子，于是对女儿说："孩子，我现在刚被姜子牙打败，实在不好意思投降。但只要他肯亲自迎接，我就归顺西岐。"

姜子牙听说邓九公愿意归顺，心中大喜，命令打开城门，亲自出城迎接。

邓九公归降西岐的消息传到了汜水关。守将韩荣听说后，立即派人快马加鞭报告纣王。

纣王正在摘星楼饮酒作乐，听说邓九公投降，气得一掌拍碎了桌子。他召集大臣，讨论征讨西岐的合适人选。这时，中谏大夫飞廉推荐了苏护。纣王当即同意，命令使臣立即携带诏书和黄旄、白钺前往冀州，让苏护火速领兵征讨西岐。

飞廉

封神榜上的冰消瓦解之神。他原是商朝佞臣，周武王灭商后和恶来一起到了西岐，封为中大夫，后来在封神之时被姜子牙斩首。

五十七 苏护伐西岐

苏护接到纣王的诏书，心里暗自高兴。他对夫人杨氏和儿子全忠说：“我不幸生了妲己，她无端作孽，迷惑纣王，使得天下诸侯都迁怒于我。如今武王广播仁义，天下三分之二已经归顺西周。我早就想找个机会脱离朝歌，投奔西岐。现在纣王命令我征讨西岐，正好趁机归降武王，然后会合诸侯，讨伐无道的纣王。”打定了主意，他让家眷们偷偷地跟随大军一同前往西岐。

姜子牙听说苏护前来讨伐，找到黄飞虎了解情况。黄飞虎说：“丞相，苏护虽然是国戚，但一向反对纣王，早就有心归周。他与末将经常有书信来往，表达自己投降西岐的愿望。”姜子牙听了很高兴。

不久，苏护率领大军来到西岐，升帐扎营，立起帅旗。两家对阵，黄飞虎对姜子牙说：“丞相，我先去探探苏护的口风。”说完，催开五色神牛来到阵前。

苏护虽然想投降，但是他手下的将军却并不知情。大将赵丙没等苏护说话，自己先骑马和黄飞虎打了起来。

黄飞虎一边迎战，一边说：“让你家元帅出来答话。”

赵丙说：“黄飞虎，你身为国戚，不思报恩，反而无故造反。我今天特来捉你，还不下马投降！”

黄飞虎大怒：“大胆匹夫，吃我一戟！”二十回合后，黄飞虎一把擒获赵丙，将他带回大营。

次日，苏护的副将郑伦迎战黄飞虎。两个人大战三十回合不分胜负。郑伦见一时难以取胜，从鼻子里哼出两道白光。黄飞虎当即头晕目眩，从五色神牛上跌落，被商军捉回军营。

黄天化听说父亲被抓，把郑伦恨得咬牙切齿。第三天，两军再次对垒。黄天化骑上玉麒麟直奔郑伦。郑伦故技重施，鼻子里哼出一道白光，黄天化也经受不住，跌下玉麒麟来。

姜子牙见郑伦捉了黄飞虎父子，大吃一惊。第四天，他派土行孙夫妇迎战郑伦。

土行孙矮小，郑伦没有看到他，只瞧见了邓婵玉。土行孙大喊：“匹夫，你往哪里看呢？”郑伦向下一看，见一个矮子在和自己说话，笑着说：“你是哪家的孩子，乳臭未干也来送死。”

土行孙大怒，挥舞铁棒直奔郑伦。因为土行孙矮小，郑伦举杵砸过去经常落了空，不一会儿累得大汗淋漓。郑伦心里烦躁起来，鼻子“哼”的一声，又喷出两道白光。土行孙当下昏倒在地，被郑伦的士兵捉回军营。

邓婵玉见丈夫被抓，甩手飞出五光石，击中了郑伦的脸颊。

郑伦带伤回到军营，下令让士兵处死土行孙，可他们还没动手，土行孙就钻进土里不见了踪迹。

到了第五天，姜子牙派出哪吒对战郑伦。两个人大战三十回合，郑伦知道自己打不过哪吒，又打算使用法术。可哪吒是莲花化身，根本没有魂魄，任郑伦怎么鼻吐白光，一点儿也不受影响。

哪吒哈哈大笑，说：“你这匹夫，得了什么病，在这里哼个没完？”郑伦见法术失灵，又被哪吒取笑，气得哇哇大叫。哪吒举起乾坤圈，把郑伦打得筋断骨折。受伤的郑伦趴在火眼金睛兽上逃回了军营。

苏护见郑伦受伤，趁机说道："郑将军，看到你身负重伤，我心里十分难过。现在西岐兵精粮足，天下归心，连闻太师那样神勇的人都无法攻下西岐。你我虽然名义上是上下级的关系，但实际上情同手足。正所谓，顺天者昌，逆天者亡。我们不如一起归顺了西岐，免得自取灭亡。"

郑伦见苏护想投降，脸上的神情顿时变得郑重起来，他说："君侯想错了。您是大王的岳父，怎么能有这样的想法？大丈夫应该为国捐躯，不该贪生怕死，我希望您马上放弃投降的打算。"

苏护说："将军，良禽择木而栖，贤臣择主而事。黄飞虎官居王位，因主上失德，弃纣归周；邓九公见武王仁义，纣王失道，也弃暗投明。识时务者为俊杰，你不要再执迷不悟了。"

郑伦生气地说："君侯要投降，我不投降。只是您要在我死后才可以归周，否则我一定阻拦您。"

苏护见郑伦拒不投降，只好暂时打消了劝说的念头。他让儿子准备酒席，私下里向黄飞虎请罪，把自己的苦衷说给黄飞虎听。黄飞虎答应把苏护的情况如实汇报给姜子牙。苏护很高兴，偷偷地放走了黄飞虎父子。

苏护父子又暗中商量，打算写信让姜子牙第二天带兵劫营。苏护说："郑伦到底是个好人，我们必须保全他的性命。"

第二天，周营中突然来了一个长着三只眼睛的道人。苏护问："道者从哪儿来呀？"

道人说："贫道是九龙岛声名山的吕岳。申公豹请我来到此地，帮助君侯对付姜子牙。"

苏护听了，心里很不高兴。

正在这时，吕岳听见了郑伦的呻吟声，好奇地问："是谁在叫苦？"苏护命人把郑伦抬出来。吕岳看了看郑伦的伤，笑着说："不妨事，这是被乾坤圈打伤的。"说完，他从葫芦里倒出一粒丹药，放进郑伦的口中。郑伦吃了药，伤势立即痊愈。

郑伦当即要拜吕岳为师。吕岳说："你既然拜我为师，贫道一定要助你成功。"

郑伦问："老师愿意帮忙，还请尽快列阵对付姜子牙。"

吕岳说："不急。我还有四个门人没有来到，等他们来了再挑战姜子牙也不迟。"苏护暗自发愁，却又无计可施。

过了几天，吕岳的四个弟子周信、李奇、朱天麟、杨文辉带着各自的法宝来到苏护的军营。吕岳大喜，让大弟子周信到西岐城下挑战姜子牙。

五十八 瘟神吕岳

姜子牙听说城下有道人挑战，对众位将领说：“对方好几天不出战，今天突然开战，来的还是个道人，一定又是个会法术的奇人。你们谁愿意迎战？”金吒主动请缨，姜子牙点头同意。

金吒来到城下，见周信长相凶恶，厉声问道：“来者何人？”

周信回答：“贫道是九龙岛的周信。听说你们阐教欺负我截教，实在可恶。今天下山就是为了与你们决一雌雄！”

两个人在城下大战了三十回合。周信暗中解开道袍，从怀中取出头疼磬，对着金吒连敲三四下。金吒立刻面如金纸，败下阵来，回到城里后连声叫嚷：“头疼死了！”

次日，木吒迎战李奇。木吒不知道对方已经换人，大喝一声：“你竟然用旁门左道害我大哥，使他头疼。”

李奇说：“昨天挑战的是我师兄周信，我是李奇。”

木吒大怒：“废话少说，都是一帮旁门左道！”两个人打了十个回合。李奇使出法宝发躁幡，对准木吒摇了几下。木吒打了一个寒噤，撤回城里。李奇也不追赶，大摇大摆回了军营。

木吒回到城里，面如白纸，口吐白沫，浑身像火烧一样发热。

郑伦纳闷地问吕岳：“老师，这两天二位师兄都没有擒获敌方将领就回了营，这是怎么回事？”

吕岳笑着说：“你有所不知，我的门徒都有各自的法宝，只要使用出来，对方必死无疑，实在没有必要用刀枪厮杀。”郑伦听完，对吕岳等人佩服不已。

第三天，雷震子来会朱天麟。

雷震子一见朱天麟，大喊道：“你这妖道，依仗邪术害我两位道兄！”

朱天麟笑着说：“你不要以为自己模样古怪就来吓唬人。”雷震子大怒，分开双翅，举棍就砸。朱天麟见对方进攻，急忙举剑招架。几个回合后，朱天麟体力不支，拔出昏迷剑指向雷震子，口里念念有词。只见雷震子从空中坠落下来，拖着一对翅膀逃回西岐，一进城门立刻昏倒在地。

第四天，杨文辉来到城下请战。姜子牙一听，心里想：“对方一天换一个道人，难道是在模仿十绝阵？”他想了想，派龙须虎下城迎敌。

杨文辉见龙须虎外形奇特，大吃一惊。两个人互相报了姓名，在城下打了起来。几个回合之后，杨文辉抵挡不住龙须虎手里接连发出的巨石，就掏出了散瘟鞭对准龙须虎一阵耍。龙须虎顿时像变了个人似的，把巨石扔进西岐，砸伤了很多周兵。姜子牙见龙须虎中了邪术，急忙命令门人把龙须虎捆绑起来。

原来吕岳和他的四个弟子是瘟神，负责掌管人间的瘟疫。姜子牙哪里知道这些情况，见四个门人都中了法术，人事不省，心里万分着急。他找到杨戬，说：“我师父说我因为替申公豹说情，将有三十六路人马讨伐我。到今天已经有三十路了。现在眼见四个弟子被邪术所困，我却无能为力，真是不知所措了。”

第五天，吕岳亲自出阵。

姜子牙在哪吒、杨戬等人的陪护下，来到阵前观看。只见吕岳穿着大红的袍服，发似朱砂，面如蓝靛，长着三只眼睛，骑着金眼驼，知道他是个不好惹的家伙。姜子牙问：“道友在哪座仙山修炼？”

吕岳回答：“姜子牙，我是九龙岛的吕岳。你们阐教的人多次侮辱我截教，前几天派出四个弟子让你尝尝苦头，今天贫道亲自来会会你，让你不敢小瞧截教！”

姜子牙哈哈大笑：“道友再厉害恐怕也不如赵公明和三霄娘娘吧，他们现在都已经灰飞烟灭了。劝你不要来自取灭亡。”

吕岳大怒，骂道：“姜尚，你有什么本事敢和我作对！”说完，纵开金眼驼，执宝剑奔向姜子牙。

哪吒、杨戬、黄天化三人一起杀出，把吕岳围在当中。郑伦见吕岳被围攻，急忙出来援助。土行孙夫妇这时候也上前助阵。

吕岳见敌人越来越多，念动咒语，变成了三头六臂，每只手都拿着一件法宝。杨戬见吕岳变身，急忙命令金毛童子用金丸偷袭，打中了吕岳的肩膀。黄天化也取出火龙镖击中吕岳的腿。姜子牙趁机祭起打神鞭，把吕岳打下了金眼驼。吕岳坠下坐骑，借土遁逃走。郑伦见吕岳逃跑，自己也急忙逃回本阵。

苏护见吕岳受伤，心里暗暗高兴。四个门人围住吕岳，说：“没想到今天让姜子牙占了便宜。”

吕岳笑着说：“没有关系。姜子牙虽然取胜一时，却难逃一城之祸。”他拿出疗伤的丹药吃了，另外让四个弟子在天黑后把致病的丹药撒到西岐城里。

不到两天，西岐城的人上上下下都染了瘟疫。只有哪吒是莲花化身，杨戬有元功护体，才没有受到影响。两个人一个负责守城，一个负责照顾全城的病人。哪吒说：“道兄，现在全城只有咱们两个没事，如果吕岳派兵攻打，咱们该怎么对付？”

瘟神吕岳

杨戬说："不妨。武王是圣德之君，洪福齐天，一定会有高人来相助的。"

对方军营中，吕岳对苏护说："元帅，西岐所有的人都生病了，六七天后，你就可以不费一兵一卒拿下西岐。"

郑伦说："那我现在趁机率军拿下西岐，免得浪费时间。"

哪吒看到郑伦带领士兵来攻城，惊慌失措地问杨戬："道兄，咱们该怎么办？"

杨戬说："不要惊慌，我自有退兵之策。"只见他抓起一把草撒到空中，说了一声"变"，西岐的城头上立刻站满了彪形大汉。郑伦抬头一看，见城上的人马比过去还要强壮，不敢贸然进攻，只好带兵返回。

杨戬知道自己的法术只能解一时之急，不是长久之计。就在两人思考对策的时候，黄龙真人和玉鼎真人赶到西岐城。玉鼎真人对杨戬说："你马上去火云洞找三圣大师求取丹药。"

杨戬借土遁来到火云洞。他不敢擅自闯入，等候在门外。过了一会儿，一个童子从里面走出来，杨戬急忙走上前去，说："师兄，弟子是玉鼎真人的徒弟杨戬，奉家师之命，前来拜见三圣老爷。"

童子问："你知道三位圣人是谁吗？"

杨戬欠身说："弟子不知道。"

童子说："不知者不怪。他们就是天、地、人三皇。"说完进去禀告。

没过多久，童子出来，说："三位皇爷准许你进来了。"

杨戬走进火云洞，只见三位圣人坐在当中。正中间一位头生两角，是伏羲氏；左手一位肩披树叶，腰围虎豹之皮，是神农氏；右边一位身穿帝服，则是轩辕氏。

伏羲氏听完杨戬的陈述，对神农氏说："纣王恶贯满盈，武王伐纣本是顺应天意。这个申公豹到处挑拨是非，实在可恶。御弟应该出手相助了。”

神农氏笑着说：“皇兄说得很对。”于是，从葫芦里取出三粒丹药，并把使用方法教给了杨戬。神农氏又走出洞府，前往紫芝崖拔了一株草递给杨戬，告诉他，日后凡间众生如果得了瘟病，采摘这种草药服用，病就会痊愈了。

杨戬辞别三圣，回到西岐，把神农氏的吩咐说给玉鼎真人听。真人按照徒弟的说明，拯救了西岐的全体军民。

话说吕岳等了七八天，对徒弟们说：“现在西岐的人想必已经死光了。”苏护听到吕岳的话，心里很不开心。又过了几天，苏护看到西岐城上的士兵恢复了精神，心中大喜：“看来吕岳就是个说大话的家伙。让我来灭一灭他的锐气。”

苏护走进吕岳的军帐，开口就说：“仙师，您说西岐的人已经死光，可我看到城上都是士兵，这是怎么回事？”

吕岳不相信苏护的话，走到军营外面察看，发现西岐果然又充满了生气。他掐指一算，失声大叫道：“原来玉鼎真人让人从火云洞借到了丹药，真是气死我啦！”

吕岳找来四个门人，说：“你们每人带领三千兵马，趁西岐的士兵体力还没有完全恢复，杀他们一个片甲不留！”苏护知道吕岳胜不了姜子牙，就给他们派遣了三千兵马。

哪吒见殷商的士兵来攻城，急忙对黄龙真人说：“师伯，如今城内防守依然空虚，咱们四个人该怎么对付？”

黄龙真人说：“没关系，咱们每人把守一座城门，把他们骗进城来，我自有打败他们的方法。”

吕岳

封神榜上的瘟癀昊天大帝。他是通天教主的徒弟，截教仙人，在九龙岛声名山修炼，精通瘟疫法术，神通广大，又有三头六臂，拥有众多法宝与兵器。座下的五名弟子分别是周信、李奇、朱天麟、杨文辉、郑伦。

五十九 殷洪下山

吕岳带领门人与黄龙真人四人大战起来。在混战中，杨戬放出哮天犬咬住了周信的胳膊。趁周信挣扎的时候，杨戬举起三尖两刃刀砍杀了他。哪吒用乾坤圈击中李奇，接着举枪刺死了他。玉鼎真人祭起斩仙剑斩杀了朱天麟。他们消灭了敌人后，都来帮助黄龙真人对付吕岳和杨文辉。

雷震子等人服用了神农氏的丹药，体力逐渐恢复，听到外面杀声震天，纷纷出去帮忙。

金吒见吕岳变成三头六臂，急忙祭起了遁龙桩。吕岳见势不妙，急忙骑着金眼驼逃跑。不料木吒早已祭起了吴钩剑，砍下了吕岳的一条胳膊。

吕岳知道自己难以取胜，叫上杨文辉一起逃跑了。玉鼎真人和黄龙真人见吕岳失败，便辞别姜子牙各自回山。

吕岳和杨文辉跑到一座山下，见没有人追赶，才停下脚步休息。两个人刚坐下，只见一个头戴顶盔，打扮非俗非道，手持降魔杵的年轻人唱着歌走下山来。

杨文辉问："你是什么人？"

来人回答："我是金庭山玉屋洞道行天尊的弟子韦护，奉师父之命下山辅佐师叔姜丞相。今天在此等候吕岳，捉他回西岐作为见面礼。”杨文辉大怒，挺剑便刺。

两个人打了五个回合，韦护祭起降魔杵把杨文辉打倒在地，一命呜呼。

吕岳见弟子被杀，心中大怒，大骂道：“孽障，竟敢欺负我！”两个人来往交战了七个回合，吕岳见韦护又祭起降魔杵，知道自己难以招架，急忙借土遁逃窜。

韦护见吕岳逃跑，也不追赶，来到西岐拜见了姜子牙。

姜子牙听说韦护斩了杨文辉，心中大喜。

韦护

阐教仙人道行天尊的弟子，惯用武器为降魔杵，是镇压邪魔、护法三教的法宝。后来韦护肉身成圣，成为三教护法神。

且说赤精子自从进了黄河阵被削去顶上三花，回到山里只是保养元气。有一天，他把徒弟殷洪叫到身边说：“徒弟，我看你难以成仙，应该下山享受荣华富贵。现在你师叔姜子牙马上就要兴兵伐纣，你可以下山助他一臂之力。只是，有一件事我不太放心。”

殷洪急忙问：“师父不放心什么？”

赤精子说：“你毕竟是纣王的儿子，我担心你不会帮助西周。”

殷洪一听，激动地说：“师父，纣王虽然是我的父亲，但他听信妖姬妲己的话，残害我的母亲姜王后，还派人追杀我们兄弟，如果没有师父，弟子现在早已被纣王杀死。弟子一直在寻找机会杀了妲己，为我母亲报仇雪恨。”

赤精子听殷洪这么说，于是放下心来。他命令童子取来八卦紫绶仙衣、阴阳镜和水火锋，交给殷洪，说：“殷洪，你随你师叔东进时，如果路过佳梦关，会遇到火灵圣母。火灵圣母头上戴着一顶金霞冠，能放射出万丈光芒把她罩住。这样，她就能看到你，你却看不到她。你穿着这件紫绶仙衣，到时可以救你一命。这个阴阳镜，一面是白，一面是红。红的一晃是生路，白的一晃则是死路。至于水火锋，你就当成随身护体的兵器吧。事不宜迟，赶紧下山去吧。为师不久也要去西岐。”

殷洪下山前，赤精子暗想：“我为了帮助子牙反商，把洞里的法宝都给了殷洪。他再怎么说也是纣王的亲儿子，如果中途变卦，岂不是连我都没有办法了？”于是，他对殷洪说：“殷洪，我把法宝统统给了你，你一定不能忘记兴周灭商的志向。”

殷洪回答：“师父放心，弟子一定铭记在心。”

赤精子说：“为了保险起见，你还要对我发个重誓。”

殷洪想都没想，随口说道：“弟子如果萌生二心，四肢化成飞灰。”赤精子这才放心，让殷洪下山。

殷洪在赶往西岐的路上，看到一座古怪的高山。他停下脚步，欣赏着山里的景致。忽然，从茂林中杀出两员猛将。其中一个大喝道：“你是哪里来的道童？竟敢到我家门口打探！”

殷洪和两个人打了十个回合，体力不支，暗想：“我下山前，师父把阴阳镜交给我，现在正好可以试一试它的威力。”于是，殷洪取出阴阳镜，把白面对准两个猛将照了照，那两个人立刻从马上摔下来。

正在这时，从山下又冲上来两个手持武器的勇将。殷洪又用阴阳镜照下一个人。第四个人见殷洪法力高强，立刻跪倒在地，说："望上仙大发慈悲，赦免我三个兄弟。"

殷洪说："我不是仙长，是殷商殿下殷洪。"

这个人一听，急忙叩头："小人叫毕环，其他三人是我的结义兄弟庞弘、刘甫和苟章。我们不知道是千岁驾临，万望恕罪！"

殷洪说："我和你们无冤无仇，不会害你们的。"说完，用阴阳镜的红面救活了三个昏死的人。

四个人一起跪在殷洪的面前，表示愿意追随殷洪。殷洪大喜，收了四员猛将做自己的帮手，带上他们的三千兵马，赶赴西岐。

一行人快到西岐时，殷洪遇到了一个骑虎的道人。卫兵把道人带到殷洪面前。殷洪问："道长高姓？"

道人回答："贫道申公豹，与你同是玉虚宫门人。殿下这是要去哪里？"

殷洪回答："师叔，弟子正要到西岐帮助姜丞相反商。"

申公豹严肃地说："岂有此理，纣王是你什么人？"

殷洪回答："是弟子的父亲。"

申公豹大喝一声："天底下怎么会有儿子帮助外人打老子的事情！"

殷洪说："纣王无道，逆天行事，天下都反叛他了。"

申公豹笑着说："你真是个愚昧的人啊。你是殷商的血统，纣王的儿子。纣王虽然无道，但毕竟是你父亲。他死以后，就要由你来做统治者。你这个逆子怎么能帮着姬发抢夺自己的江山社稷。你死以后，有什么脸面去见你的列祖列宗！"

殷洪被申公豹说动，沉思了半晌，才吞吞吐吐地说："可弟子已经答应师父，要帮助西周攻打殷商，还立下了誓言。"

申公豹问："你发了什么誓？"

殷洪说："弟子发誓说如果不帮助武王伐纣，四肢会变成飞灰。"

申公豹笑着说："你这傻孩子，竟然相信这些鬼话。这个世界上哪里有四肢变成飞灰的道理。你听我良言相劝，马上去帮助苏护攻打西岐。等你立下大功，纣王就会把天下交给你来管理。"

殷洪说："苏护的女儿妲己是害死我母亲的罪魁祸首，我怎么能和仇人的父亲共事。"

申公豹说："大丈夫做事要不拘小节。你先忍耐一时，等攻下西岐，得到天下，就可以为你的母亲报仇了。"殷洪此时被申公豹说动了心，早已把赤精子的叮嘱忘在脑后，立刻答应援助苏护。

殷洪带领人马来到苏护的军营，两个人合兵一处。

次日，殷洪换上王服来到城下挑战。姜子牙听说殷商殿下请战，对黄飞虎说："纣王已经没有子嗣，哪里来的殿下？"

黄飞虎说："当初殷郊和殷洪在行刑前被大风刮去，想必被人所救。末将认识他，我这就出去辨认真伪。"说完，带上几个儿子出城。

殷洪一直在山中修炼，不知道黄飞虎已经归周，因此不知道眼前的人正是自己的救命恩人，摇动方天画戟刺向黄飞虎。

殷洪

封神榜上的五谷星君。商纣王次子，阐教仙人赤精子的徒弟。原本奉师命下山助武王伐纣，中途被申公豹策反，转而攻打姜子牙和同门，最终应了他立下的毒誓，身化飞灰而亡。

六十 马元助殷洪

论武艺，殷洪当然不是黄飞虎的对手。二十个回合后，殷洪渐渐招架不住。殷洪收的四将见主人吃亏，都要上前助阵，但被黄天化兄弟四人拦住。

一片混战中，殷洪取出阴阳镜，用白光照住了黄飞虎和黄天化。

殷洪回到军营，用红面唤醒了黄飞虎父子。黄飞虎说："你一定不是二殿下，不然怎么会不认得我黄飞虎。当年我在十里亭放了你们兄弟。"

殷洪一听，急忙上前松绑："哎呀，你原来就是我的救命恩人黄将军啊！你怎么投降了武王？"说着，又让人解开了黄天化的绳索。

黄飞虎说："二殿下，纣王无道，害死了我的妻子，因此我弃暗投明，归顺了周主。现在三分天下，二分归周。纣王犯下十大罪状，天下人都恨他。如今您放了我们父子，是莫大的恩情。"

郑伦急忙打断道："殿下千万不要相信黄飞虎，你放走他们，他们还会和您对抗。"

殷洪笑着说："没关系，黄将军对我兄弟有救命之恩，今天必须报恩。下次再捉住，一定不会念旧情。"黄飞虎父子于是离开了。

第二天，两军对垒。殷洪指责姜子牙："姜尚，你为什么造反？你过去是商臣，我父王又没有做对不起你的事情，你竟然无缘无故反叛朝歌，实在可恨。"

姜子牙说："殿下此言差矣。纣王无道，天下豪杰群起而攻之。你如今逆天行事，早晚会后悔。"殷洪大怒，挺起方天画戟刺向姜子牙。哪吒出来助阵，被庞弘挡住。杨戬和毕环打在一处。

姜子牙祭起打神鞭，可殷洪穿着紫绶仙衣，打神鞭根本伤不了他。哪吒用乾坤圈砸伤庞弘，接着一枪刺过去，庞弘当场倒地而亡。殷洪大怒，弃了姜子牙迎战哪吒。而杨戬祭起哮天犬，咬住了毕环的腿。毕环疼得大叫，一个措手不及被杨戬一刀斩杀。

殷洪取出阴阳镜对哪吒晃了晃。可哪吒是莲花化身，阴阳镜对他一点作用也没有。殷洪大吃一惊，只好硬着头皮与他交战。杨戬看到了阴阳镜，急忙对姜子牙说："师叔快撤，殷洪拿的是阴阳镜。"姜子牙听了大惊，害怕哪吒有闪失，让邓婵玉暗中帮忙。

殷洪正和哪吒恶斗，没提防邓婵玉飞石打来，被打得鼻青脸肿。哪吒趁机刺向殷洪，无奈殷洪有宝衣护体，根本伤不到他。姜子牙这时鸣金收兵，回营去了。殷洪损兵折将，自己也受了伤，对姜子牙恨得咬牙切齿："我不报此仇，誓不为人！"

回城后，杨戬对姜子牙说："师叔，殷洪手中的宝物阴阳镜来自太华山云霄洞，弟子这就去找赤精子师伯问个清楚。"姜子牙点头应允。

杨戬驾土遁来到太华山，在云霄洞找到了赤精子。赤精子诧异地问："杨戬，你到我这里来干什么？"

杨戬说："师伯，弟子是为殷洪的事来的。他拿着您的法宝，眼下正帮助商军攻打我们。"

赤精子气得跺着脚说："都怪我用错了人，把所有的宝物都交给了殷洪。我让他下山去帮你们，哪知道这个畜生竟然背叛师门，助纣为虐。"

赤精子来到西岐，一见姜子牙，赶忙解释："子牙，这事都怪贫道。我原打算让殷洪下山协助你过五关，哪知道他竟然背信弃义。明天我出阵，一定把他押到你面前赔罪。”

第二天,赤精子来到阵前,叫殷洪出来答话。殷洪见师父来了，不禁大吃一惊。

赤精子生气地说：“殷洪，你下山时是怎么和我说的！如今你反伐西岐，小心四肢变成飞灰！”

殷洪辩解道：“师父，弟子是纣王的儿子，怎么能帮外人对付自己的父亲呢。”见殷洪还在狡辩，赤精子勃然大怒，仗剑径直刺了过去。

殷洪连让三招，说道：“师父，我与你有师生之情，刚才让了你三次，这次要还手了。”两个人打了五六个回合，殷洪又掏出了阴阳镜。赤精子一见，也吓得借纵地金光法逃回了西岐。

看见师父都害怕自己，殷洪不禁扬扬自得。他回到军营，只见一个道人在等着自己。这个道人巨口獠牙，脖子上挂着一串人头骨穿成的念珠，五官都冒着火焰，相貌十分凶恶。殷洪上前行礼，问道：“我是殷洪，不知道老师来自哪座仙山？”

道人说：“我是骷髅山白骨洞的马元，申公豹让我来帮你对付姜子牙。”殷洪大喜。

第二天，马元来到阵前挑战，他对姜子牙说：“姜尚，申公豹请我下山帮助殷洪。你们阐教一向欺负我们截教，今天贫道就来会一会你。”

姜子牙说：“申公豹对我有怨恨，所以四处挑拨人跟我作对。殷洪违背师命，逆天行事，恶贯满盈。道友还是不要助纣为虐了。”

马元哈哈大笑：“殷洪是纣王的儿子，帮你们对付纣王才是逆天行事。”

姜子牙祭起打神鞭。可马元在封神榜上无名，因此不受影响，反而把打神鞭收走。姜子牙大吃一惊。

这时，西岐的一名武将名叫武荣，正好催粮回来，举刀砍向马元。马元念动咒语，从脑后伸出一双大手，把武荣抓住吞进了肚子里。所有人都被马元的法术吓傻了。

土行孙抡开大棍冲向马元，他利用灵活的身形，把马元的双腿打得青一块紫一块。马元大怒，要吃土行孙。可土行孙就地一滚，消失不见了。

杨戬骑上银合马出来挑战马元。马元脑后又伸出大手，把杨戬给吃了。

当天夜晚，杨戬在马元的肚子里作法，施展八九玄功，用一粒丹药让马元吐泻了三天，把他折腾得瘦了一半。

杨戬回到西岐，对姜子牙说："师叔，弟子把一粒丹药放在马元的体内，他一连吐泻了几天，已经元气大伤，六七天内都无法出战。"姜子牙听后大喜。

正在这时，文殊广法天尊来到西岐，他一见姜子牙，就贺喜道："子牙公，金台拜将的吉日就快到了。贫道特来贺喜！"

姜子牙说："道兄，现在殷洪和马元已经把我愁坏了。"

天尊说："贫道就是为了收服马元而来，你就放心吧。"

过了几天，姜子牙独自一人来到苏护的军营外。马元听说姜子牙一个人来探营，想起自己此前误中杨戬奸计，气不打一处来，当即追赶出去，要活活吃了姜子牙。

马元

截教之仙，原本在骷髅山白骨洞修行。他长着巨口獠牙，脖子上挂着一串人头骨穿成的念珠，五官都冒着火焰，相貌十分凶恶；脑后生有一只骨爪，能剖人心腹，吃人心肝。后来被西方教主准提道人收服，最终修得正果，成为马元尊王佛。

姜子牙见马元赶来，急忙骑着四不像飞快逃跑。马元在后面穷追不舍，一直追到二更天，来到一座险峻的高山下。

马元刚要停下休息，忽然听到姜子牙和姬发在山顶上饮酒作乐，还说："马元已中圈套，必将死无葬身之地。"马元听了大怒，提剑冲上山顶。可当他来到山顶，却发现姜子牙和姬发不见了，四下里张望时，只见山下人潮涌动，都在喊叫："不要放走了马元！"

马元又跑到山下，结果所有人又都不见了。马元这样上上下下地来回折腾了一晚上，弄得腹中饥饿，打算回到营地再作打算。

马元离开高山，没走多远，突然听见有人叫唤："疼死我啦！"声音听起来十分凄惨。马元顺着声音，发现喊叫的是一个女子。女子看到马元，急忙说："老师救命啊！"

马元说："我看你也活不了多久了，不如做个顺水人情，让我吃了你填饱肚子吧。"说着，一脚踩住那女子，准备下手取人性命。

就在这时候，一个道人骑着梅花鹿向马元走来。马元仔细一看，认出来者正是文殊广法天尊。马元见是敌人，急忙准备还手，可当他要行动时，发现自己的手和脚都长在了女子的身上。

马元知道自己上了当，恳求天尊饶命。天尊刚要挥剑斩杀马元，听见身后有人大喊："道兄剑下留人。"天尊回头一看，见喊住自己的是一个头绾双髻的陌生道人。

天尊问："道友从哪里来？"

道人回答："贫道是西方教的准提道人。马元封神榜上无名，却和我西方教有缘，贫道来此正是为了带他回西方修成正果。"

天尊听了大喜，说："贫道久仰西方教大法，莲花现相，舍利元光，真是高明。"准提道人谢过天尊，把马元带回了西方。

天尊回到西岐，把打神鞭交还给姜子牙。现在没有了马元，只剩下殷洪一个人难以对付。几个人正在讨论应对之法时，慈航道人来到西岐助阵。

慈航道人对赤精子说："道兄，要破殷洪，必须要用太极图，只怕你不忍心。"赤精子思考了许久，为了大义，忍痛答应。

殷洪见马元一去不复返，心中闷闷不乐。

第二天，两军对垒。三个道人对姜子牙说："子牙公出去挑战，我们会助你成功。"

姜子牙来到阵前，对殷洪说："殷洪，你不听从师命，就要大难临头了。现在悔悟还来得及。"殷洪大怒，径直杀出阵来。姜子牙交战了几个回合就转身逃走，殷洪在后面追赶。

赤精子见殷洪追赶过来，叹息道："畜生，这是你咎由自取，不要怪为师无情。"说完，抖开了太极图，化作一座金桥。殷洪不知道金桥是太极图变化的，就跟着姜子牙上了桥。

殷洪一上太极图，立刻觉得心神不定。原来，这太极图可以根据人的想法变出各类人物和场景，殷洪在幻象中看到了浑身上下都是鲜血的姜王后。姜王后生气地对他说："冤家，你立下重誓，却又不听师父的教诲，如今你上了太极图，马上就要变成灰烬！"

殷洪大叫："母亲救我！"可姜王后突然不见了，只见师父赤精子站在自己面前。

殷洪哭着求饶:“师父，弟子知错了。我愿意帮助武王伐纣，请师父饶命!”

赤精子说:“晚了。你已经触犯天条，谁也救不了你。到底是谁鼓动你的?”

殷洪回答:“是申公豹。”

赤精子念及师徒情分，不忍心动手。慈航道人在半空中喊道:“天命如此，不得有违，道兄不要耽误了殷洪上封神台的时辰。”赤精子含着眼泪卷起太极图，轻轻一抖，殷洪连人带马都化成了飞灰。

赤精子见徒弟丧命，哭着说:“太华山从此再没有传人了。”

慈航道人安慰道:“道兄此言差矣。马元封神榜上无名，自然有人相救。殷洪一事该当如此，何苦悲伤呢。”

三个道人来见姜子牙，说道:“等子牙公东征时，我们再来相助。”于是告辞而去。

苏护见殷洪已死，知道时机已经成熟，连忙写了一封密信，让苏全忠用箭射进西岐。

姜子牙看了苏护的信，心中大喜，安排手下众将晚上劫营。

黄昏后，周军兵分三路，埋伏在商营附近。

二更天时，西岐一声炮响，黄飞虎带领人马冲击商营，苏家父子趁乱带着家眷跑进了西岐城。经过一番激战，殷洪的人马全军覆没，只剩下郑伦一个人顽强反抗。最后土行孙祭起捆仙绳，把郑伦捉回城里。

姜子牙看到郑伦，说:“郑伦，你多次反抗，今天被我抓获，还不投降?”

郑伦大喝一声："卖面的匹夫，我是商朝将军，怎么会卑躬屈膝向你投降？如今我的主帅和你串通一气，我才会被你抓住。你要杀就杀，不要再废话了！"姜子牙下令将郑伦推出去斩首。

苏护急忙上前求情："丞相，郑伦按法当斩。但念在他是个忠义之士，又是可用之才，还请丞相放他一马吧！"

姜子牙笑着说："我早就知道郑将军是个了不起的人，刚才是故意激他，好让将军再去劝说他一番，这个时候他更能听进你说的话。"苏护十分感激姜子牙，急忙走到帐外劝说郑伦。

经过苏护一番推心置腹的开导，郑伦终于如梦初醒。他为难地说："我多次与姜子牙为敌，只怕他不肯容我。"

苏护说："姜丞相哪里是小肚鸡肠的人，实不相瞒，就是他让我来劝你的。姜丞相爱才心切，不仅不会为难将军，还会重用。"

郑伦这才放心，归顺了西岐。

六十二 张山伐西岐

苏护投降的消息传到朝歌，纣王大惊失色，气愤地说：“苏护是我的心腹大臣，还是国戚，竟然背叛了我，实在可恶！”

妲己听说后，跑到纣王面前假惺惺地哭着说：“大王，我父亲不知道被谁蛊惑，竟然叛国通敌，犯下株连同族的大罪。请大王把我的头砍下，代替父亲赎罪。”

纣王见状，心软下来，说：“爱妻久居宫中，和苏护投降反叛的事一点关系都没有，我怎么会处罚你呢？就是我的江山全丢了，也和爱妻无关。”

纣王来到九间殿，召集文武大臣商讨，决定派遣镇守三山关的大元帅张山率兵讨伐西岐。张山领命，带上副将钱保、李锦和十万大军浩浩荡荡杀向西岐。

姜子牙此时正和众将商讨拜将东征的日期，八百镇诸侯纷纷上表,请武王挥师伐纣。姜子牙听说张山来讨伐,问邓九公:“将军，这个人用兵如何？”

邓九公说：“丞相，张山原来是末将的属下，只不过是一个有勇无谋的莽夫。”姜子牙听后，决定派邓九公迎敌。

很快两军交战，兵戎相接。邓九公和钱保大战三十回合，一刀砍下了钱保的首级。

张山见钱保被杀，心中大怒，亲自披挂上阵。邓婵玉怕父亲有失，飞出五光石，正好击中张山的面颊。张山差点落下马来，只好狼狈而逃。

张山开局失利，心情郁闷，对姜子牙恨得咬牙切齿。就在他闷闷不乐时，一个道人背着一把宝剑来到军营。

道人看到张山脸上青肿，问："张将军脸上的伤是怎么回事？"

张山回答："昨天和邓九公交手时，被一员女将的飞石打伤了。"

道人取出药粉敷在张山的脸上，伤痕立刻痊愈。张山连忙道谢："感谢老师帮忙！请问老师来自哪里？"

道人说："我是蓬莱岛的羽翼仙，特来帮助将军攻克西岐。"

第二天一早，姜子牙听说一个道人在城下挑战，对门人说："原本该有三十六路人马征伐西岐，现在到来的是第三十二路，还有四路没有来。我们以后少不了还有几场恶战。"于是，带领众人来到城下。

羽翼仙一见姜子牙，大骂道："姜子牙，你不过几十年的道行，竟敢口出狂言，说要拔我的翎毛，抽我的筋骨！"

姜子牙解释说："道友一定是受奸人挑拨。我与你素不相识，怎么会在背后骂你。"

羽翼仙说："你不要狡辩，拿命来！"

阐教门人见了，一齐出阵迎战羽翼仙。雷震子攻上三路，哪吒、杨戬、黄天化打中三路，土行孙负责下三路。结果羽翼仙遭到乾坤圈、攒心钉和哮天犬的攻击，很快败下阵来。

羽翼仙回到军营，对张山说："我念及慈悲，才没有伤害众人的性命。这些人不知好歹，真是自取灭亡。今晚，我要让西岐变成一片汪洋大海！”

天黑后，姜子牙觉得风刮得不对劲，掐指一算，被吓得魂不附体。他急忙沐浴更衣，朝昆仑山的方向下拜。然后披发仗剑，把北海的水引到西岐上空，将整个城池罩住。

元始天尊早已得知羽翼仙的事情，知道凭姜子牙的道行，根本抵挡不住。他把琉璃瓶中的三光神水洒在姜子牙做的保护罩上，又命令四偈谛神好好看护西岐。

一更时分，羽翼仙走出大营，转眼间现出原形，原来是一只大鹏金翅雕。羽翼仙飞到西岐上空，看见西岐被海水盖住，哈哈大笑：“姜子牙真是愚蠢，还不知道我的厉害。我这对翅膀可以把四海的水统统扇走，别说小小的北海了。”

羽翼仙扇动双翅，哪知连扇七八十下，西岐的保护罩都没有受到任何影响。只见水刚被扇走，立即又涨了出来。他哪里知道最上面有一层元始天尊洒下的三光神水。

羽翼仙折腾了一晚上，累得筋疲力尽。他不好意思回营见张山，就飞到了一个山洞里休息。山洞周围怪石嶙峋，长满了各种香气四溢的花草，好似一所仙人的住处。

羽翼仙见一个道人在洞边坐着，就要去捉来吃。道人见大鹏雕扑向自己，用手一指，大鹏雕立刻从空中跌落下来。

道人生气地说：“你这畜生实在没有礼貌，无缘无故为什么要伤我？”

羽翼仙说：“实不相瞒，我去伐西岐，忙了一个晚上不仅一无所获，还又饥又饿，迫不得已才要吃你。没想到道友法力高强，多有得罪！”

道人说：“你想吃东西，我可以告诉你一个地方。距离这里

张山伐西岐

二百里有一座紫云崖，三山五岳的道人都在那里赴宴，你赶快去吧，迟了就没有吃的了。”

羽翼仙谢过道人，张开双翅，即刻飞到紫云崖，落地后又化为人形。羽翼仙见山顶聚集了很多道人，几个童子正往来走动，捧着盘子给人们送东西吃。他喊住一个童子，说：“道童，我是来赴宴的。”

道童“哎呀”一声答道：“老师您来晚了，已经没有食物了。只能等明天了。”羽翼仙十分生气，认为道童是存心不给自己食物，和他争吵了起来。

一个穿黄衣的道人听到叫嚷声，走过来问道：“你们为何事争吵？”道童说明了原因。

道人说：“道友，今天的食物分派完了，现在只剩下一些点心。”

羽翼仙说：“点心也好，快点拿来。”结果一口气吃下了一百零八个点心。

羽翼仙吃饱后，变回了大鹏雕，飞向西岐。途中，他看见那个道人还坐在山洞旁边。

道人望着空中又指了一下大鹏雕。大鹏雕立刻落到地面，大叫：“我的肚子好痛！”

羽翼仙

原形是一只大鹏金翅雕，在蓬莱岛修行，后来成为阐教仙人燃灯道人的二弟子，李靖的同门师弟，具有扇干四海之水的强大法力。

六十三 申公豹说反殷郊

道人来到大鹏雕身边，问：“你怎么了？”

大鹏雕回答：“我刚才去吃了几个点心，现在肚子疼痛难忍。”

道人说：“既然吃不了，你赶快吐出来吧。”大鹏雕果然张开嘴向外呕吐。哪知道从嘴里吐出一条银锁链，把他的心肝都锁到了一起。

大鹏雕大吃一惊，不知所措。这时那个道人现出原形，大喝一声：“孽障，你认得我吗？”大鹏雕抬头一看，认出面前的正是燃灯道人。

燃灯道人骂道：“你这孽障，助纣为虐，实在可恶。我就把你吊在松树上，等到姜子牙伐纣成功，再来放你。”

大鹏雕连忙求饶：“请老师看在我修炼千年的分上，饶恕我这一次吧。从今往后，我一定改过自新，不再阻挠西岐大军。”

燃灯道人说：“好，你既然决定改邪归正，就拜我为师，我来教导你。”

大鹏雕连连点头，说：“我愿意拜师，修成正果。”

于是，燃灯道人收回大鹏雕肚子里的一百零八颗念珠，带着他回了灵鹫山。

话说广成子自从被削去顶上三花，一直在洞中静修。一天，白鹤童子奉玉虚符命来传令，说姜子牙即将金台拜将，阐教门人都赶往西岐为他东征饯别。广成子突然想起了徒弟殷郊，把他叫来身边。

广成子说："武王马上要东征，天下诸侯将在孟津会师。你愿意帮助师叔姜子牙讨伐你的父亲吗？"

殷郊听了义愤填膺地说："弟子虽然是纣王的太子，但纣王听信妲己贱人的谗言，迫害我母亲，使她惨死，又派人追杀我们兄弟。这份深仇大恨弟子片刻不敢忘，如果不能为母亲报仇，我还有何脸面面对世人。希望师父允许我下山反商。"

广成子说："那好，你去狮子崖找件武器来，我传授你道法。"

殷郊兴冲冲地来到狮子崖，看到白石桥对面有一个从来没见过的山洞。殷郊一时好奇，过桥进入山洞。只见洞里有一个石台，上面放着六七枚热气腾腾的豆子。殷洪捡了一粒来尝，觉得味道甘甜香美，就把剩下的豆子都吞进肚里。

忽然，他听见自己的骨头发出响声，左肩上忽然冒出一只手，吓得他大惊失色。转眼间，右肩又生出一只手。一会儿工夫，竟长出了三头六臂。他跑到溪水边，低头一看，发现自己变成了赤发蓝脸、巨嘴獠牙、三头六臂的怪人。

广成子看到殷郊，拍手大笑："变得好！"说着，取出番天印、落魂钟、雌雄剑和方天画戟交给殷郊。

临下山前，广成子嘱咐殷郊："我将所有的法宝都交给了你，希望你顺应天命，施展自己的本领，帮助武王伐纣。切记不可中途变卦，否则将会遭受天谴，到时后悔就为时已晚。"

殷郊信誓旦旦地说："弟子如果忘记使命，掉转头帮助我父亲，将受到犁锄的处罚。"广成子点头称许，让殷郊下山了。

殷郊走到一座险峻的高山脚下，突然林中响起了一阵敲锣声，一个赤发蓝脸，长着三只眼，身穿金甲红袍，骑着红砂马的人，提着两根狼牙棒跑了出来。这个人见殷郊三头六臂，大喊道："你是哪里来的怪人，到我的山前偷看？"

殷郊说："我是纣王的太子殷郊。"

这人一听，立即下马跪拜："不知道太子殿下驾到，还请恕罪。请问殿下要去哪里？"

殷郊回答："我正要去西岐帮助师叔姜子牙。"殷郊话音刚落，从山里又冲出来一个面容皎白，留着三绺长髯，也长着三只眼，身穿淡黄袍，骑着白龙马，手拿点钢枪的人。蓝脸的人马上说："快来拜见太子！"那人连忙翻身下马，跪伏在地。

殷郊跟着这两个人来到他们的山寨，两人恭敬地请殷郊上座。

原来蓝脸的叫温良，白脸的叫马善。二人都表示愿意追随殷郊。殷郊大喜，任命二人作为自己的副将，带上山寨所有的手下奔赴西岐。

一行人没走多远，迎面遇到了申公豹。

申公豹故技重施，打算说服殷郊倒戈。可殷郊的意志比殷洪坚定得多，他认为，天下诸侯联合伐纣，正代表了人心所向。纣王虽是自己的父亲，自己虽是商朝太子，也不敢逆天行事。况且武王和姜子牙率领的大军受到百姓的拥护，是正义之师，自己此行下山就是为了助他们一臂之力。总之，无论申公豹如何劝诱，殷郊都不为所动。

申公豹见殷郊不易劝服，又心生一计，将殷洪的死讯告诉殷郊，还添油加醋地把罪名加到姜子牙的头上。殷郊听说弟弟被姜子牙害死，大吃一惊，但当下仍然将信将疑。他说："如果姜子牙果真是害死弟弟的凶手，我一定和他势不两立！”

殷郊一行人来到西岐，看到了殷商营地的旗号，就走进去打探消息。

张山见殷郊三头六臂，温良、马善都是三只眼，大吃一惊，问：“你们是什么人？”

殷郊说：“我是太子殷郊。”他为了让张山相信，还把自己的经历说了一遍。张山大喜，立即叩头行礼。

殷郊问：“你知道二殿下的事情吗？”

张山回答：“二千岁因为讨伐西岐，被姜子牙用太极图化成了飞灰。”

殷郊听罢，大叫一声昏倒在地。他苏醒后，大哭道：“我不杀姜尚，誓不为人！”

第二天，殷郊亲自出马，点名要姜子牙出来迎战。

殷郊大骂：“老匹夫，我是太子殷郊。你为什么要用太极图害死我弟弟？”

姜子牙说：“殷洪咎由自取，他的死和我有什么关系。”

殷郊勃然大怒，摇动方天画戟刺向姜子牙，结果被一旁的哪吒挡住。

两个人打了几个回合，殷郊祭起番天印把哪吒打下风火轮。

黄天化见哪吒失利，催开玉麒麟上前助阵。殷郊又摇动落魂钟，黄天化立即从玉麒麟上跌落下来，被张山的士兵捉回军营。

黄飞虎眼见儿子被抓，催开五色神牛来战殷郊，却也被落魂钟摇下了神牛，然后被马善、温良抓去。

殷郊的番天印和落魂钟法力十分强大，众将都不是对手。杨戬害怕殷郊伤了姜子牙，连忙下令鸣金收兵。

回营后，杨戬对姜子牙说：“师叔，又有怪事发生了。”

姜子牙问：“怎么怪了？”

杨戬说：“我看殷郊使用的番天印是广成子师伯的。”

姜子牙说：“难道广成子会让殷郊来害我？”

杨戬解释：“您难道忘记了殷洪的事情吗？”

姜子牙恍然大悟。

马善

本是燃灯道人琉璃灯里的灯芯之火，长有三只眼，武器是点钢枪。他私逃下凡，和温良占山为王做强盗。

温良

封神榜上的日游神。长着三只眼，武器是两柄狼牙棒，手持白玉环。

殷郊撤兵回营，听说抓到了自己的救命恩人黄飞虎，急忙赶来为他解开绳索，还命人释放了黄天化。

黄飞虎问殷郊："太子之前被大风吹到了哪里？"

殷郊害怕泄露自己的师门，就编个了谎话："是海上仙岛的一位仙人救了我。我如今学成了武艺，这次回来是专门为弟弟报仇的。"说完，他放黄飞虎父子回了西岐。

第二天，商军又出城列阵叫战，为首的正是马善。邓九公主动请缨，不一会儿工夫就把马善捉回了城里。姜子牙下令将他斩首。可奇怪的是，无论是南宫适的刀、韦护的降魔杵，还是其他门人的三昧真火，都伤害不了马善。最后，马善乘着火光飞到空中，大笑着说："我去也！"

众人一下子摸不着头脑，不知道对方是什么来路。杨戬对姜子牙说："弟子先去九仙山找广成子师伯问个究竟，看他的法宝怎么会在殷郊手上。再到终南山找云中子师叔，向他借照妖镜一用。"姜子牙同意了。

杨戬驾起土遁，不一会儿来到了九仙山。广成子听说殷郊用番天印和落魂钟对付西岐将领，大吃一惊："这个畜生竟然违背誓言，他一定会遭到杀身之祸！我已经把宝贝都给了他，却没料到会出现今天这样的局面。你先行一步，我随后赶去西岐。”

杨戬辞别广成子，来到终南山，向云中子借到了照妖镜。

回到西岐的第二天，杨戬上马提刀，出城点名挑战马善。等到马善出来，杨戬暗中用照妖镜观看，只见里面有灯头在摇晃。杨戬终于知道了马善的原形，他拍马挥刀，朝着马善冲过去。双方打了二三十回合，不分胜负，杨戬于是拨马回城。他决定先回营告知众人详情，商量一个应对之策。

等到杨戬回营，姜子牙问：“马善是什么妖怪？”

杨戬回答：“弟子只看到照妖镜里有个灯头晃动，不知道他到底是什么身份。”

韦护则说：“我听闻世间有三盏灯，分别在玄都洞八景宫、昆仑山玉虚宫、灵鹫山元觉洞。杨道兄可以到这三处察看一番。”

杨戬先来到了玉虚宫，向白鹤童子打听殿前的琉璃灯是否还点着。白鹤童子说：“正点着呢。”

想着不是这里，杨戬又来到灵鹫山。他刚进元觉洞，便发现燃灯道人面前的琉璃灯已经灭了。燃灯道人此时抬头一看，吃惊地喊出了声：“这孽障竟然趁我不备溜走了。”杨戬这时把马善的事情告诉了燃灯道人。

燃灯道人听说后很生气：“贫道这就去收拾这个孽障。”

杨戬辞别燃灯道人，返回了西岐。他将此行的收获告诉众人，大家听了都安心不少。正在谈话间，有人来报，广成子到了。于是众人一齐出门迎接。

广成子见了姜子牙，说：“贫道没想到殷郊竟会倒戈相向，阻挠了众位道友的东进之路，这都是我的过错。我现在就出城去，捉他回来给各位赔罪。”

殷郊见广成子驾到，硬着头皮上前答话：“师父，弟子有甲胄在身，就不给您叩头了。”

广成子大骂：“畜生，你忘记自己下山前是怎么说的了！”

殷郊辩解说：“弟子下山途中遇到了申公豹，他反复劝我保殷伐周，我一直没有答应。后来我才得知弟弟被姜子牙害得惨死。事已至此，弟子还怎能为姜子牙出力。师父，弟子是为了给弟弟报仇，才和姜子牙作对的。”

广成子叹息道：“你真糊涂啊，申公豹一向和姜子牙有仇怨，所以处处反对他。而且你弟弟殷洪的事，本就是他咎由自取，怪不得他人。你怎么不明真相、逆天行事呢？”

殷郊说：“师父，事到如今，说什么也晚了。弟子宁愿身受犁锄之刑，也要为弟弟报仇。”

广成子见殷郊不肯悔改，勃然大怒，挥剑砍向殷郊。殷郊连躲三剑，然后对广成子说：“师父，弟子已经让了您三剑，要还手了！”说着，拿出了番天印。广成子见势不妙，借纵地金光法逃回西岐。

众人见广成子对殷郊也束手无策，都在发愁。这时，燃灯道人到了。他说：“殷郊如今拥有广成子道兄的所有法宝，一时难以对付。我们还是先收服了马善，再来想办法。”

第二天，燃灯道人让姜子牙独自出城，引诱马善出战。马善不知是计，单枪匹马跟了上去。姜子牙把马善引到一个僻静的山坳。燃灯道人突然出现，对马善说：“孽障，认得我吗？”说完，从怀里取出琉璃灯祭在空中。马善立即现出原形，变成灯焰回到了灯里。燃灯道人命黄巾力士先行将琉璃灯带回了灵鹫山。

殷郊听说马善失踪，知道他凶多吉少，当下传令大军出动，打算与姜子牙决一死战。

眼见西岐城门一开，姜子牙率领众门人走在前面，殷郊一时气急，拍马提戟冲上前去，要取姜子牙性命。姜子牙连忙挺剑来挡。

温良为了给马善报仇，也冲出阵来，却被哪吒从侧面拦下。他祭起白玉环打哪吒，反被乾坤圈击得粉碎。哪吒又扔出金砖，砸中温良的后心，杨戬随即一枪挑中他的肩头。温良当场跌下马去，倒地死亡。

殷郊见温良也死了，连忙拿出番天印来打姜子牙。可是这一回，番天印却被牢牢地定在空中，发挥不出一点威力。原来燃灯道人想起姜子牙有杏黄旗护身，便告诉他，杏黄旗正好可以破解番天印的法术。

只见姜子牙展开杏黄旗，瞬间就有百道金光射出，他自身被祥云笼罩住，周围还有千朵白莲环绕，所以番天印根本对他不起作用。

姜子牙又祭起打神鞭，一下子将殷郊从马上打落下来。殷郊急忙借土遁逃回营地。

殷郊失去了两员副将，自己又受了伤，在营帐里闷闷不乐。正在这时，一个叫罗宣的道人前来助阵。

可是一连过了四天，罗宣都没有什么行动。殷郊很奇怪，问："老师既然来帮忙，为什么不出去挑战呢？"

罗宣笑着说："不急，我还有一个叫刘环的朋友没有来。"又过了两天，九龙岛炼气士刘环来到营地。

次日，两个道人来到城下，让姜子牙出来答话。

罗宣一见姜子牙，大骂道："姜尚，我是火龙岛焰中仙罗宣。你们玉虚宫的人平日仗势欺人，今天贫道来讨个公道！"说着，

罗宣焚西岐

骑上赤烟驹和刘环一起杀向姜子牙。

哪吒、金吒、木吒、杨戬、韦护、雷震子、土行孙、黄天化等人一起杀出来。罗宣见对方人多势众，马上现出三头六臂，每只手里都拿着一件宝贝。它们分别是飞烟剑、五龙轮、万里起云烟、照天印、万鸦壶。

经过一番缠斗，黄天化被罗宣的五龙轮打下了玉麒麟。罗宣也中了姜子牙的打神鞭，刘环则被哪吒的乾坤圈打伤。双方各有胜负。

张山在辕门观战时，见西岐人才济济，心中暗想："灭纣的人非姜子牙莫属。"一时黯然神伤。

回到营中，罗宣不服气地对刘环说："今天白天不小心被姜子牙打了一鞭，今夜我一定要让他们尝尝我的厉害！"

当天夜晚，两个人借火遁，乘着赤烟驹来到西岐。罗宣祭起万里起云烟，把火箭射进了西岐城内，点燃了城中所有的可燃物。一时间西岐变成一片火海。罗宣接着打开万鸦壶，数万只火鸦顿时飞入城中；又招来无数火龙在西岐上空喷火。

大火惊动了凤凰山青鸾斗阙的龙吉公主。她乘着青鸾前来，远远地看见罗宣正在火烧西岐，连忙命令碧云童子撒开雾露乾坤网，往西岐城的大火上一罩。这件法宝属性为水，与火正好相克，西岐的大火立刻被扑灭。

罗宣见大火被眼前这个身穿大红绛绡、头戴鱼尾冠的道姑扑灭，气得将五龙轮迎面扔去。龙吉公主不慌不忙地取出四海瓶，对准了五龙轮，一把将它收走了。

罗宣大叫一声，又祭起万里起云烟，喷出无数只火箭射向龙吉公主。谁知，万里起云烟转眼也被四海瓶吸了进去。

刘环大怒，仗剑刺向龙吉公主。龙吉公主将二龙剑往空中一扔，便把刘环斩杀了。

罗宣见势不妙，急忙驾火遁逃跑了。

龙吉公主救了西岐，百姓们都十分感激她。姜子牙连忙将龙吉公主迎进大殿，命人为公主安排了一间干净的屋子居住。

罗宣夺路而逃，刚在一座高山脚下停住休息，就遇到了一个手里托着宝塔的人。此人一见罗宣，高兴地说："我是李靖，此次下山是前往西岐帮助姜丞相，正好缺个见面礼，就把你捉回去吧。"

罗宣大怒，举起宝剑和李靖打在一处。李靖祭起七宝玲珑塔，大喝一声："罗宣，今天就是你的死期！"罗宣被宝塔打得当场殒命，灵魂飞到了封神台。

罗宣

封神榜上的南方三气火德星君正神，率领火部五位正神，即朱招、高震、方贵、王蛟、刘环，负责掌管纠察人间善恶。原是截教门徒之一，在火龙岛修炼。罗宣神通广大，有三头六臂，还拥有飞烟剑、五龙轮、万里起云烟、照天印、万鸦壶五件火法宝。精通火系类法术，武功高强，坐骑为赤烟驹。

六十五 殷郊之死

李靖收了宝塔，借土遁来到西岐。李靖父子在西岐团聚，大家都十分高兴。

燃灯道人对姜子牙说："你金台拜将的日子就要到了，必须尽早除掉殷郊。番天印非常厉害，目前只有玉虚杏黄旗还对付不了，必须借到玄都宫的离地焰光旗和西方的青莲宝色旗才行。"

广成子说："此事因我而起，我这就去借旗来将功折罪。"

广成子借纵地金光法来到玄都洞。

这玄都洞真是天下第一神仙府邸，近看楼阁重叠，仙鹤盘旋，远望青山苍翠，祥光笼罩。玄都洞的主人老子早已算到广成子要来借旗，广成子一到，老子就让玄都大法师把离地焰光旗交给了他。

广成子高兴地离了玄都洞，把旗送回西岐，然后马不停蹄地赶往西方极乐胜境。

西方极乐胜境与广成子所熟知的玉虚昆仑山相比，风景大不相同。只见林中景色变幻无穷，花随风舞，仙乐缭绕，异香环绕四周，真是一个莲花瓣里生出的清奇世界。

广成子向接引道人说明来意。接引道人听说要借青莲宝色旗破殷郊，助武王伐纣，一时不肯答应。

接引道人说："贫道身处的西方教素来清净无为，不沾惹红尘世事，实在是爱莫能助。”

这时，准提道人走了过来。他朝广成子打了个稽首，一同坐下来，对接引道人说：“道兄，这青莲宝色旗原本不该借，但如今情况不同。道兄可还记得我说过，东方和南方的天象显示，那里将出现与我教有缘之人。西方教虽然淡泊无争，但也不妨借此机会推广一番。”最终在准提道人的劝说下，接引道人答应把旗借给广成子。

燃灯道人见广成子借来了青莲宝色旗，高兴地说：“现在一切已经准备就绪。只要把离地焰光旗放在正南，青莲宝色旗放在正东，中央插上杏黄戊己旗，西方立素色云界旗，留出北方让殷郊走，就可以对付他了。”

广成子问：“素色云界旗在哪里？”

燃灯道人一时也想不起素色云界旗的下落。大家闷闷不乐，都各自散开。

土行孙来到内室，对妻子邓婵玉说：“费了一番劲，现在单单缺少素色云界旗，真是功亏一篑。”

龙吉公主在静室内听见，说道：“素色云界旗在我母亲西王母那里。往常瑶池集会摇动此旗，群仙就会知道，纷纷赶来赴会，所以又叫聚仙旗。不过，这面旗只有南极仙翁出面才能借到。”土行孙急忙来到前殿告诉燃灯道人。燃灯道人恍然大悟，安排广成子再到昆仑山走一遭。

广成子来到昆仑山，把来意说给南极仙翁。仙翁一听，立即换上天宫的朝服，来到瑶池。

南极仙翁站在金阶之下，躬身说道：“禀告瑶池圣母，下界西岐武王顺应天命与人心，率军伐纣，不料中途遭到反叛师门的殷郊阻碍，一时难以前进。如今我奉玉虚之命，特来向圣母求借素色云界旗一用。”

天宫的人都知道阐教、截教和西方教共同拟定了封神榜，正筹备分封天庭八部三百六十五位正神。而武王伐纣，与天界封神大事密切相关。于是西王母很爽快地把素色云界旗借给南极仙翁。

广成子带着素色云界旗回到西岐，发现赤精子和文殊广法天尊也来了。赤精子对广成子苦笑道：“我和道兄一样，也被不肖弟子坑害了。”

燃灯道人见四面神旗已经聚齐，对众人说：“请文殊道友镇守青莲宝色旗，赤精子镇守离地焰光旗，贫道镇守杏黄戊己旗，武王镇守素色云界旗。”之后各人分别行动。

姜子牙一边安排黄飞虎、邓九公等人领兵列阵，准备劫营，一边陪同武王前往岐山，把守素色云界旗。

张山见军营被杀气笼罩，不安地对殷郊说：“千岁，这次出战我们恐怕难以取胜，不如先退回朝歌，等时机成熟，再来征讨。”

殷郊满不在乎地说：“我不是奉旨来伐西岐的。你害怕可以自己回去，我一个人足以对付他们了。”

张山急忙说：“千岁，姜子牙用兵如神，况且还有玉虚宫的人给他撑腰，咱们可不能轻敌啊。”

殷郊哈哈大笑：“不用担心，连我师父都害怕我的番天印，何况别人。”

一更时分，黄飞虎带领先头部队杀进商营辕门。其他人马也陆续从四面八方赶到。只见邓九公带领副将太鸾、邓秀、赵升、孙焰红冲进左营，与张山交战；南宫适率领辛甲、辛免、太颠、闳夭闯进右营，与李锦厮杀在一起。混战中，张山和李锦分别被邓九公和南宫适所杀。

殷郊被黄飞虎父子四人围住，哪吒、杨戬也挥舞火尖枪和三尖刀来攻。殷郊眼见招架不住，急忙祭起落魂钟对付哪吒。可哪吒是莲花化身，根本不受影响；又用番天印砸向杨戬，却不知杨戬会八九玄功，能迎风变化，番天印根本砸不到他。殷郊见法宝不起作用，一下慌了神，就要夺路而逃。黄天化挡住了殷郊去路，结果被落魂钟晃下玉麒麟。

殷郊一路向东逃跑，打算回朝歌搬兵。可东方已有文殊广法天尊镇守，殷郊半路上就遇上了他。

殷郊在马上欠身说："师叔，弟子要回朝歌，您为什么要阻拦我？"

天尊说："你已经落入罗网，快快下马投降，可以免遭犁锄之苦。"

殷郊大怒，祭起番天印。天尊连忙展开青莲宝色旗。只见一颗舍利子出现在天空，发出万道金光，番天印便不能落下。

殷郊见东方无法通过，向南方跑去，又被赤精子截住。赤精子大声喝道："殷郊，你和殷洪一样忘恩负义，如今已经在劫难逃了！"

殷郊二话不说祭起番天印，赤精子施展离地焰光旗来抵挡。番天印便只是在空中乱滚，不能落下来。

殷郊收了番天印，跑回中央。燃灯道人早已等在这里。他说："你师父已经准备了一百张犁锄等着你呢。"

殷郊不服气地说："师叔，弟子又没有得罪众位，为什么苦苦相逼？"

燃灯道人说："孽障，你曾对天发誓，过后却自食其言，怎会不受到惩罚？"

殷郊毕竟是个恶神，比殷洪厉害得多。他勃然大怒，祭起番天印砸向燃灯道人。燃灯道人急忙展开杏黄戊已旗招架，立即出现了万朵金莲，番天印也无法落下。

殷郊向西一望，看到仇人姜子牙正站在军旗之下，气得直奔西方而去。

殷郊再次祭起番天印，来势汹汹，定要杀死姜子牙。可姜子牙有西方素色云界旗保护，番天印根本无法落下。姜子牙祭起打神鞭要打殷郊。殷郊见势不妙，急忙向北逃去。

燃灯道人见殷郊进了埋伏圈，命令四路人马围住殷郊。殷郊骑着马顺着两座高山之间的小路逃跑，没想到路越来越窄，到最后竟然无路可逃。殷郊下了马，仰天说道："如果我父王还有福分，我祭起番天印就能打出一条山路；如果打不开，我今天只有死路一条。"说完，殷郊祭起了番天印。

只听"轰"的一声，眼前的大山裂出一条道路来。殷郊大喜："殷商天下还不能断绝。"谁知他刚走进山路，燃灯道人立即作法，两座山头立即合为一处，把殷郊紧紧夹住，只露出头在山外。

接引道人

西方教两大教主之一，准提道人的师兄，法力高深莫测。他拥有念珠、荡魔杵、青莲宝色旗、十二品莲台等强大法器，徒弟为白莲童子。常和师弟准提道人从西方极乐世界赶赴西岐，收走截教众多门人。口头禅是"你与我西方有缘"。

准提道人

西方教的二教主，侍从是水火童子。他拥有十八手二十四首金身，还有七宝妙树、加持神杵、六根清净竹等强大法器。他收服孔宣，将其改造成孔雀明王；还曾降伏马元，改造成马元尊王佛；又收了封神榜上无名字的法戒。他和接引道人一样，都是莲花化身。

姬发见太子殷郊被困在山里，急忙下马，跪在殷郊面前说：“千岁，臣姬发不敢欺君罔上。今天相父这样对待你，是让臣变得不忠不义啊。”

姜子牙上前扶起姬发，说：“殷郊逆天行事，已经犯了天条。大王行过人臣之礼，已经和他无关了。”

姬发说：“相父还是网开一面，饶了殿下吧。”

燃灯道人笑着说：“武王，殷商是自取灭亡，您不要怪罪自己。”

姬发见多次劝止都不起作用，只好含着眼泪撮土焚香，对殷郊说：“不是臣不救殿下，怎奈众位老师不许，不是臣的罪过啊！”

燃灯道人请姬发先行下山，让广成子推犁上山。广成子心中不忍，姜子牙于是让武吉犁了殷郊。

过了几天，殷郊和张山阵亡的消息传到了朝歌。纣王大怒，对群臣说：“姬发这个逆贼，竟然自立为王。我为了征讨他损兵折将，现在还有什么人可以派遣？”

大臣们互相看了看，这时中谏大夫李登站出来说：“大王，近十年来国内战乱不断。不过东伯侯姜文焕、南伯侯鄂顺、北伯侯崇黑虎还不足以构成威胁，只有西岐才是我们的心腹大患。目前朝歌城内的将领都无法和姜子牙相抗衡，臣推荐三山关总兵洪锦领兵出征，只有他才能和姜子牙一决雌雄。”于是纣王立即传旨，命令洪锦即刻发兵。

姜子牙听到洪锦来讨伐，心中大喜，对门人说：“我师父说，会有三十六路人马来讨伐西岐，洪锦就是这最后一路。我们马上就可以东征了！”

两军对阵，洪锦首先派大将季康挑战。南宫适出城迎敌。

两个人在城下大战了三十回合。季康学了不少旁门左道，他念动咒语，头上立即现出一片黑云，云中跳出来一条狗，直接把南宫适咬伤了。

首战得胜，洪锦变得信心十足。第二天，洪锦手下的柏显忠到城下挑战。姜子牙又派出邓九公迎战。邓九公是有名的猛将，他刀法出众，快若闪电，势不可挡。柏显忠一不小心，被邓九公斩于马下。

洪锦损失了一员大将，回营后大发雷霆。第三天，他亲自披挂出阵。一见姜子牙，他大骂道：“老匹夫，你兴兵作乱，以下犯上！如果知道我的厉害，就乖乖下马投降，我可以向大王求情，饶你不死！”

姜子牙笑着说：“洪将军，你身为大将，怎么不明事理呢？如今天下归周已成定局，你还是看清形势，尽早回头。我军不久就会在孟津和八百镇诸侯会师。”

洪锦听完大怒，催马舞刀直奔姜子牙。姬发的七十二弟姬叔明在一旁看见，立即挺枪出阵迎敌。

洪锦也懂得很多奇法邪术。双方战了四十回合，他把一面黑幡插在地上，变出一扇大门。姬叔明不明就里，跟着洪锦钻进了旗门。洪锦手起刀落，斩了姬叔明。

姜子牙大惊，急忙让邓婵玉迎敌。洪锦见敌军杀出一员女将，没有把她放在眼里。

两个人大战了二十回合，洪锦暗想："不能恋战，必须速战速决。"于是故技重演，作法变出旗门，打算诱杀邓婵玉。

可邓婵玉是个聪明人，根本不会上当，她当场祭起五光石打伤了洪锦。

洪锦被邓婵玉打得鼻青脸肿，回到营中越想越不服气。第二天，他来到城下，指名道姓要求邓婵玉出城。

土行孙害怕妻子受到伤害，反复叮嘱："贤妻一定不要进入洪锦的旗门。"

邓婵玉说："我在三山关和旁门左道对抗了数年，难道不知道洪锦的把戏？你就放心吧。"

两人的对话刚好被龙吉公主听到，她笑着对他们说："这不过是小法术而已，叫作旗门遁，黑幡对应内旗门，白幡对应外旗门。我去对付洪锦。"

洪锦在城下左等右等，终于看到城门大开。可仔细一看，出来的却是另外一员女将。

洪锦问："你是谁？"

龙吉公主回答："没必要告诉你，快点下马投降！"

洪锦哈哈大笑："你好大的口气，竟敢口出狂言！"说完纵马舞刀杀向龙吉公主。龙吉公主催开五点桃花驹，举起鸾飞剑迎上前去。

三个回合后，洪锦拿出一面黑幡，又变出旗门。龙吉公主淡淡一笑，拿出一面白幡，也变出一座旗门。原来旗门有相生相克的道理，龙吉公主的外旗门恰好可以克制洪锦的内旗门。洪锦见

洪锦大战西岐

法术失效，只能硬着头皮抵挡。龙吉公主虽然法力高强，但毕竟是个女子，体力不如洪锦，只用宝剑砍掉了洪锦的肩甲。

洪锦见势不妙，向北逃窜。龙吉公主在后面紧追不舍。洪锦见龙吉公主一直追赶，只好使用土遁术。龙吉公主冷笑道：“洪锦，你休想用五行遁术逃脱！”说罢，她借木遁术追赶。原来木遁术是土遁术的克星，洪锦根本无法脱身。

洪锦跑着跑着，忽然想起自己还有一件法宝没有使用。他从怀里取出一物，扔到海水里。这个东西遇到海水，立刻变成一条翻江倒海的鲸龙。洪锦急忙跨上鲸龙逃跑。

龙吉公主见洪锦跨上鲸龙，笑着说：“幸亏我离开瑶池的时候带着这个宝贝。”说着，也取出一个东西扔到海里。这个东西进入大海，变得和泰山一样大小。原来龙吉公主的宝贝叫神鲸，专门用来对付鲸龙。有了神鲸，鲸龙兴起的风浪立刻消退。

龙吉公主祭起捆龙索，把洪锦捉回西岐。

洪锦

封神榜上的龙德星。原本是截教弟子，精通内旗五行道术，坐骑为神兽鲸龙，兵器是一把偃月刀。曾担任殷商三山关总兵，领兵征伐西岐。兵败后降周，并与龙吉公主成婚。在闯截教万仙阵时，与妻子龙吉公主一同战死。

六十七 金台拜将

姜子牙见龙吉公主捉住了洪锦，心中大喜。他下令把洪锦斩首示众。

刽子手刚要行刑，忽然来了一个道人，高声喊道:“刀下留人。”

道人来到姜子牙面前，说:“贫道是月合仙翁。因为龙吉公主和洪锦有一段姻缘，我特意赶来说媒。”姜子牙想了想，认为此事自己不方便出面，让邓婵玉带着月合仙翁去和龙吉公主商量。

龙吉公主得知月合仙翁的来意，不高兴地说:“我因为在瑶池犯了清规，所以被贬到人间。哪知道在这里还有一段俗缘？”

月合仙翁见公主不愿意，安慰道:“公主，你这次来西岐，正是为了了结一段俗缘。等到你和洪锦结为夫妇，共同帮助子牙公过了五关，自然功德圆满，到时候就可以返回天府。希望公主三思，免得错过好事，到时候后悔就晚了。”

公主长叹一声:“好吧。仙翁是主管婚姻的仙人，既然亲自出面劝我，我也不好推辞。我愿意听从您的安排。”

月合仙翁大喜。在他和姜子牙的安排下，洪锦和龙吉公主结为了夫妇。

眼下三十六路人马讨伐完毕。姜子牙挑选了一个吉日，向武王上奏，请求东征讨伐纣王。

武王看了姜子牙的奏折，沉吟半晌。他对姜子牙说：“相父，纣王的确荒淫无度，被天下人唾弃，可先王曾经留有遗言，不准我讨伐纣王。纣王再不对也是君，我如果讨伐他，就是不忠；我违背先王的遗愿，是为不孝。东征的事情还是从长计议吧。”

姜子牙说：“老臣不敢违背先王的遗愿。只是眼下百姓们受到纣王的残害压迫，生活苦不堪言。而且天下诸侯都认为纣王不能胜任君主之位，已经齐聚孟津，只等您一声令下就围攻朝歌。我们东征，完全是顺应民意，替天行道。希望大王不要推辞。”

散宜生补充说：“大王，丞相说得很对。我们东征是为了解救朝歌的百姓。既然大王顾及先王的遗愿，不妨先出兵和其他诸侯会师于孟津，要求纣王改过自新。如果纣王能够答应，我们立即撤兵。如果纣王坚决不肯改正，就不能怪我们不忠了。”

武王听了散宜生的话，一下子打消了心中的顾虑，说道：“大夫说得很有道理。”

散宜生又说：“大王兵进五关，应当效仿轩辕黄帝拜风后，筑一座高台，祭告皇天后土，拜丞相为大将军。”

武王说：“好，一切事宜交给大夫去安排。”

拜将台选在岐山，很快就在南宫适和辛甲的主持下竣工了。金台拜将的日子定在三月十五日。

到了这一天，武王带领文武百官来到姜子牙的相府前。只听得里面乐声响过三次，伴随着三声炮响，相府的府门大开。

散宜生在前面引路，武王来到了银安殿上。他欠身对身穿道服的姜子牙说：“请元帅上辇。”武王又亲自在车辇后面推了三下。

于是姜子牙在众人的簇拥下，来到拜将台。

拜将台高三丈，分为三层，上面旌旗招展，按照四象八卦排列。

金台拜将

姜子牙来到第一层台，散宜生展开祝文来读，祭告五岳四渎、名山大川；走上第二层台时，周公旦诵读祝文，祭告日月星辰、风伯雨师以及历代圣王；到了第三层台，姜子牙从毛公遂手里接过武王赐给的黄钺和白旄，召公奭（shì）接着诵读祝文，祭告皇天后土。

读完三道祝文，姜子牙从军政司的手里接过将印和剑，当下把将印、剑高举到头顶。武王在台下拜了八拜。

拜将后，姜子牙让辛甲把武王请到台上。姜子牙跪在武王面前，说："老臣一定效犬马之劳，报答大王的知遇之恩。"

武王说："相父带领大军东征，希望到了孟津与诸侯会盟后早日回来！"

金台拜将典礼完毕后，玉虚宫的十二仙纷纷赶来祝贺，他们连连称赞："子牙公真是人中之龙啊！"

姜子牙欠身说："多蒙各位师兄帮忙，姜尚才有今天呀！"

这时，只听见空中仙乐齐奏，元始天尊驾临岐山。阐教门人纷纷下拜。

天尊说："姜尚，你四十年积功累行，今天成为帝王之师，享受人间富贵。你即将东征灭纣，建功立业，贫道特意来为你饯行。"说罢，命白鹤童子斟了三杯酒。

姜子牙接过酒来喝了。随后他问道："师父，弟子即将出征，不知道前途吉凶如何，还请师父指示！"

元始天尊微微一笑，说："你只要记住这四句话：界牌关遇诛仙阵，穿云关下受瘟癀。谨防达兆光先德，过了万仙身体康。"说完便返回了昆仑山。

昆仑十二仙也来向姜子牙辞行。这时，诸位弟子纷纷拦住自己的师父，询问自己东征的吉凶。

文殊广法天尊对金吒说：“修身一性超山体，何怕无谋进五关。”

普贤真人对木吒说：“进关全仗吴钩剑，不负仙传在九宫。”

太乙真人对哪吒说：“汜水关前重道术，方显莲花是化身。”

玉鼎真人对杨戬说：“修成八九玄中妙，任尔纵横在世间。”

道行天尊对韦护说：“历代多少修行客，独你全真第一人。”

云中子对雷震子说：“两枚仙杏安天下，可保周家八百年。”

燃灯道人对李靖说：“肉身成圣超天境，久后灵山护法台。”

清虚道德真君见弟子黄天化来问自己的前途，一时不好明说，便作诗一首告诫他：

逢高不可战，遇能即速回。

金鸡头上看，蜂拥便知机。

止得功为首，千载姓名题。

若不知时务，防身有难危。

黄天化到底年轻气盛，当下并没有把师父的警告放在心上。

惧留孙知道土行孙在封神榜上有名，也作诗一首劝诫他：

地行道术既能通，莫为贪嗔错用功。

撺出一獐咬一口，崖前猛兽带衣红。

众仙辞别姜子牙之后，各自回到自己的洞府。